汽水域の人魚

dougu kouji

道具小路

Mermaids in
brackish waters

contents

Mermaids in brackish waters

装画　ａｊｉｍｉｔａ
装丁　しすい紺

あの波の音なら、いつでも思い描くことができる。
彼女と過ごした砂浜に寄せる、波の音。
彼女は、元気にしているだろうか。
思いきり、尾びれを動かして。
思いのまま、彼女の海を泳げているだろうか。

一・春の海

丸窓から差しこむ光が、畳のふちにやわらかな春の輪郭を落としている。

わたしはゆっくりと起き上がり、窓を開けて風をまねいた。

おだやかな四月の風が、わたしの髪をふわりとなでて、旧友のように部屋へ上がる。優しくカーテンをゆらすその風は、わずかに土のにおいがする。桟にひじをつき、頬に手のひらをあてると、ざらっとした感触があった。何も敷かずに横になっていたから、畳のあとがついているんだろう。

春風に吹かれながら、目を閉じた。

遠くで、車の音がする。庭の草が、さやさやと鳴っている。表の畑に出ているおばあちゃんが、誰かと楽しそうにしゃべっていた。あの低い声は、いつも配達に来てくれる、郵便局のおじさんだ。

「ねえ。今日はほんとに、気持ちがいいわあ」

「ええ。風も、気温も、こんな日和はそうないですよ」

その通りだ。だからわたしは、お昼寝をしようとした。ベッドではなく、あたたかな陽のあたる畳に寝転んで。イグサのいい香りをいっぱい嗅《か》ぎながら、うとうとしていた。でも、頭がぼうっとするばかりで、結局、ねむれなかった。

仕方がないから、わたしは目を開けて、机についた。

糸の通った針をつまみ、つくりかけだったくじらのマスコットをとる。それは、色のちがう数枚のフェルトでつくる、手のひらにのるくじらだ。

型抜きした青いフェルトに、青い糸で、くじらのしおふきの部分を縫いつけていく。体とひれは、もうできている。この部分が終わったら、あとは、桃色のまるいほっぺたと、まっくろなビーズの瞳《ひとみ》をつければ、完成だ。

フェルトに針を通しながら、ふと、机に並んでいるマスコットたちを見た。パンダ、うさぎ、ハリネズミ、ひつじ、ユニコーン、くらげ、ペンギン……他にも、数えきれないくらいたくさんの動物たちが、のんびりした顔で、わたしをしずかに見守っている。かわいくて、頬がゆるんだ。

これから新しい仲間が増えるからね、と思ったとき、

「いたっ」

指先に、するどい痛みが走った。

針で刺してしまった左手の人さし指の先に、小さな血の風船が、ぷっくりとふくらんでくる。

わたしは、指先をじっと見つめた。

血は宝石のように光っていて、深く、吸い込まれそうな赤色をしている。

その宝石をつまみ上げて、陽にかざしたいと思った。きらきらとまたたくかがやきを、自分のものにしたい。

わたしは右手の人さし指と親指で、宝石をつまむようにした。

宝石は音もなくつぶれ、ただの血に戻って、三本の指の先に、じゅっと染みた。もちろん、そうなるとわかっていた。

あーあ、と、こころの中でつぶやく。

くじらのマスコットは、いったん、そこで止めることにした。わたしの血をつぶした指で命を吹き込むのは、彼に対して、なんだか失礼に感じられた。

指先をティッシュでぬぐい、爪の上から絆創膏《ばんそうこう》を巻く。

またねむってみようかと考えていたとき、窓から、風にのって、一枚のさくらの花びらが舞いこんだ。

花びらは上品におどりながら高度をさげていき、やがて、机にふんわりと落ちついた。

わたしは、妖精《ようせい》からの招待状みたいな、その白くて愛らしい花びらを見つめる。

春が、わたしを呼んでいた。

「……」

机を離れ、パジャマと、はおっていた桃色のカーディガンを脱いだ。いつもの黒いパーカーを着て、インディゴブルーのデニムを穿《は》く。短い黒髪を櫛《くし》でといて、指で眉《まゆ》を起こし、リップクリームを塗った。

開いたままで枕元に置いてあったファッション誌のページを、風がぱらぱらとめくる。やがて風が止んだとき、紙面では、ソルベカラーのコーデに身をつつんだモデルたちが、にこにことわらっていた。

わたしは紙面から目をそらして、本を閉じた。

腕時計をつけ、スマホをデニムの後ろのポケットにねじこんで、部屋を出る。玄関で、白いスニーカーを履く。自分の声を聞くのがいやなので、おばあちゃんには黙ったまま、散歩に出かけた。

◇

空気に色があるなら、今日のは確かに薄桃色だ。まるでほんのり甘いオブラートのように、全身を軽やかにつつみこむ。あたたかくて、やさしくて、息をするたびに、胸が空《す》いていく。もし、この空気をぎゅっと圧縮して飴《あめ》にできたなら、さくらの味がするんだろう。そして、舌にのせた途端、しゅわっと溶けていくにちがいない。

わたしはあてもなく、道路沿いを歩いた。

澄んだ青空が、背伸びをするみたいに、うんと気持ちよく広がっている。

空がこんなに広く、自由なものだなんて、この町に来るまで、わたしはまったく気づかなかった。わたしの知っている空は、たくさんのビルにつつかれて、いつも窮屈そうだった。

ナンキンハゼの並木道にさしかかる。

日曜日の昼間、ほとんどの同級生は部活にはげんでいるから、道端でばったり会うということはないだろう。みんなと出くわす可能性がある夕方までには帰るつもりだ。

それにしても、往来には人かげがない。

日曜日なのにこんなふうなのは、そもそも人口が少ないということもあるけれど、この町に、娯楽として出かけられるような場所がないからだ。商店街の店々は、四六時中、シャッターを下ろしている。大きなデパートやモールもないから、若いひとはみんな、宮崎の街へ遊びに行ってしまう。お年寄りは、それこそおばあちゃんのように、畑や田んぼに出て、農作業をしたり、お家でテレビを見ている。

この町に住んで、もう一年が経った。

わたしは、学校のみんなが言うほど、この町のことが嫌いじゃない。みんなは「何もない」と言うけれど、わたしにとっては、たくさんのものがある。

いきいきと自生する植物。

かすかに聞こえてくる潮騒《しおさい》。

はっきり見える山々の稜線。

ひとをよけて歩かなくていい道。押しこまれなくてもいい電車。めったに救急車の音のしない生活。ネオンの代わりにまたたく星空……。

深呼吸をして最初に味わうのは、排気ガスではなく、自然を濾《こ》した、青いにおい。

東京に住んでいたころとは、まるでちがう。

わたしはこの町で、数えきれない感覚と出会った。十五歳になるまで、ずっとふたをされていた頭のてっぺんが開いたようだ。

ひとがいないからこそ、わたしにとって価値あるものが、この町にあふれている。なにもかもが、つくりものめいていない。だから、あれほど外に出るのがいやだったのに、すっかり散歩が趣味のひとつになってしまった。

眉間《みけん》の奥にかかっているもやが、外に出ると、少しだけきらめくような気がする。晴れるのではなく、濃度はそのままで、霧に月光がさすみたいに、銀色にきらめいてくれる。そのきらめきが、抜けそうで抜けない歯のように、ずっとぐらぐらしているこころをなぐさめてくれるのだ。

「ノゲシ、アブラナ、ハルジオン、ニワゼキショウ……」

道々の草花の名前を、小声で唱えていく。

並木道を抜け、なじみの手芸屋さんの脇道をまっすぐ行くと、川沿いの土手にある遊歩道に出た。

そこは、大きいとも、小さいとも言えない川だ。

対岸には冬枯れのない木々がせり出すように生えていて、水面に暗い影を落としている。干天が続いているせいで、川は水量が少なく、元気がない。底が見えそうな水上に、鴨の群れがいた。

わたしに気づいた鴨たちは、わたしと距離を置くために、すぐにまとまって移動する。都会とちがって、地方の鳥は警戒心が強い。近づくと、すぐ遠くへ行ってしまう。少しも逃げない東京の鳩がそうであるように、鳥とは人懐っこい生き物だと思っていたから、そういうところも新鮮だった。

わたしはスマホで、対岸の暗がりにいってしまった鴨たちの写真を、一枚、とった。

さて、この遊歩道に来たのは、初めてじゃない。

いつも南へ行くので、今日は北に向かってみよう。

この町の全体なら、地図で見たことがある。でも、実際にその場所を見て、景色に色をつけるように歩くのがすきだ。

◇

腕時計の針は、三時を回った。

すれちがうひともいない遊歩道を北へ行くと、やがて、国道と交差するようになった。歩いていける道は、まだ先まで延びている。横断歩道を渡って、さらに北へ。すると、橋梁《きょうりょう》が見えてきた。

「線路だ」

思わずそうつぶやいたとき、右方から、電車が枕木を踏む音が聞こえてきた。二両の電車が橋梁を渡り、町の東にある駅へ走っていく。

電車の音が遠のくと、今度は波の音が聞こえるようになった。

橋梁のすぐ向こうに海があって、青々とした光がこちらに届いている。

線路とぶつかるように歩道は終わっていたけれど、右手に、土手の下に行ける階段があった。下りてみると、整地されていない、岩や石ででこぼこの、細い道が延びていた。

その道は、橋梁をくぐるようにして、砂浜に続いている。

胸がどきどきした。海に会うとき、わたしはいつも、なぜかどきどきする。

足をとられないよう、慎重に進む。スニーカー越しでも、足裏に、ごつごつした岩の感触が伝わってくる。橋梁の陰を出ると、大きな水たまりのような場所が目の前に広がった。川の終わりの部分だ。

でも、川は海につながってはいなかった。まるでしきりのように、砂浜を挟んで、川と海がはっきりとわかれている。干天で、水量が足りないせいだろうか。それとも、潮の満ち引きが、たまたまそういうタイミングなのだろうか。

でこぼこ道を歩ききり、砂浜に立つ。

雲のない空が、水平線のところで白みがかっている。海の濃い青が、定規で引いたように、空と海との境界線をわけていた。空の青と、海の青は違う。それは、混ざりあうことのない、それぞれに特別な青色だ。

潮のにおいのする風が吹き、おだやかに寄せる白波の音が、耳の奥に、立体感をもってひびく。

夏は海水浴客でにぎわうという砂浜だけれど、今は、わたし以外にひとの姿はない。

「あははっ」

わらい声がもれた。

誰もいないということが、こころをどんどん軽くする。

わたしは、ひとりじめの砂浜を、わくわくしながら歩き回った。

貝殻を拾い、波の際で海水にふれる。つめたい海水に濡《ぬ》れた指をなめると、生き物の涙が凝縮された、海の味がした。

そうやってうろうろしているうちに、水たまりに近いところで、流木が重なっているのを見つけた。陽と潮で、まっしろになった流木だ。

ここに流れ着くまでに、途方もない時間をかけて、海を旅してきたのだろう。近くの一本をとってみると、とても軽い。つるつるしていて、指で弾くと「かん」と、中身のつまっていない音がする。嗅いでみると、やさしい潮の香りがした。

わたしは、その流木たちのどれか一本を、おみやげに持って帰ることにした。このすてきなものを、おばあちゃんにも見せてあげようと思ったのだ。

あまり大きくなくて、形がよくて、うんと白いもの。

しばらく具合のいい流木を探して、理想的なひとつを見つけた。波がていねいに研磨したのだろう、両端が丸みを帯びた、象牙《ぞうげ》みたいにきれいなものだ。

手の上で転がすと、その流木は陽を反射して、ちかちかとかがやいた。まるで表面に、目に見えないダイヤモンドの粒がちりばめられているようだった。それは間違いなく、時間の結晶だけが持つ光だ。とびきりのものを見つけて、わたしはうれしくなった。

腕時計を見ると、四時五分を回っている。

そろそろ、帰らなくてはいけない。

わたしは流木を大事ににぎって、来た道を戻ろうとした。

そのとき、とん、と、背後から肩をたたかれた。

わたしのほかには、誰もいなかったはずだ。

驚いてふり向くと、そこには、若い女性が立っていた。

◇

その女性は、とても美しいひとだった。

肩までの黒髪に、インナーカラーで白が入っていて、小さなヒトデのかわいいヘアピンをしている。灰色がかった瞳《ひとみ》は、こぼれおちそうなくらい大きい。長いまつげが、ぴんとしている。雪のように白い肌に、さくらの花弁みたいなうすいくちびるが映えている。

思わずみとれていると、女性は、困ったように会釈をした。はっとして、あわてて視線を外し、会釈を返す。

女性は、首元と裾《すそ》のよれた、無地の、白い半袖《そで》のシャツを着ている。それから、ところどころ塩がふいた、くるぶしまでの、褪《あ》せた黒いパンツ。妙なことに、左右でちがうビーチサンダルを履いていた。

「……」

女性は、わたしの手元をじっと見つめ、目をしばたたかせる。そして、何も言わないでいる。

波の音が、さっきよりも大きくひびく。言葉を待っていたわたしは、困惑した。

「……あの、」

沈黙がつらく、とうとう、わたしの方から声をかけた。

「なにか……？」

女性は、まっすぐにわたしの顔を見る。

そして、ふたたびわたしの手元に目を向け、指をさした。

「……これ、ですか？」

にぎっていた流木を見せると、女性は、こくこくとうなずいた。瞳をうるませて、何度も何度も、おじぎをする。

どうやら、この流木をほしがっているようだ。たぶん、外国のひとで、日本語を話せないのだろう。

必死にぺこぺこと頭を下げる彼女が気の毒で、わたしは流木をさしだした。

「どうぞ」

女性は、救われたような顔をした。また数度、ぺこぺことおじぎをして、わたしから流木を受けとる。まるで生まれたてのたまごをあつかうように、大切に両手のひらの上にのせ、涙をうかべた。ぎゅっと抱いて、やさしくほほえんだ。

事情は知らないけれど、よっぽどこの流木がほしかったみたいだ。

そんなに喜んでもらえるなら、少しも惜しくない。また、ほかのいい一本を見つければいいだけだから。

でも、同級生が学校から出てくるまで、もう余裕がない。わたしはまた今度、流木を探しに来ようと決めた。

「それじゃあ」

そうしてきびすを返そうとしたとき、ふいに女性が、水たまりの近くに歩きだした。木片や漂流ゴミがつみ重なっているところを、がさがさと探る。それからわたしの元に戻ってきて、なにかをさしだした。

「え？」

それは、オレンジ色の貝だった。ほたてのような形で、表面がフリルみたいに波打っている。手のひらをめいっぱい開いたくらいのサイズで、口がしっかり閉じていた。今までに見たことのない、きれいな貝だ。

「……？」

わたしはまた困惑して、女性の顔を見た。

女性はほほえんだまま、小さく頭を下げる。

流木の、お礼です。

声はなかったけれど、女性がそう言っているような気がした。

「……ありがとう、ございます」

わたしが貝を受けとると、女性は、にっこりとわらった。

◇

遅くなってしまったけれど、幸いにも同級生に会うことなく、わたしは家に帰りついた。

部屋着に着がえて、ベッドに寝ころがる。

そして、ぼんやりと、あの女性のことを考えた。

あのひとは、何者なのだろう。砂浜には、確かにわたししかいなかった。それがあのひとは、まるで降って湧いたように現れた。

いったい、どうやって。

春とはいえ、海水はまだずいぶんつめたかったから、泳いでいたとは思えない。そもそも、あのひとは、濡れていなかった。きれいな髪はさらさらと風にゆれていたし、肌のうるおいも、潮で流れていない。

初めから砂浜にいたけれど、幽霊のように、わたしにだけ見えていなかった。それが、スイッチを押したみたいに、あるときにパッと姿をみせた……そんな不自然さが、彼女にはあった。

不自然といえば、服装もそうだ。彼女は、拾ったものをそのまま着た、というような出《い》で立ちだった。そして、そんな恰好《かっこう》なのに、わたしにはどうしても、彼女が浮浪者であるようには思えなかった。

ちらり、と、机の上においてある、彼女にもらった貝を見る。

きれいなのは、わかる。けれど、くれるなら「貝がら」じゃないだろうか。あの貝は、口が閉じている。貝がらを「一枚」と数えるなら、あれは「一個」。まだ、「貝」なのだ。

もしかして、食べて、という意味だったのだろうか。

わたしは身を起こし、貝を持って、部屋を出る。

台所に行って、夕飯の準備をしているおばあちゃんに声をかけた。

「ばあちゃん。この貝、知ってる？」

わたしが貝を見せると、鍋にお味噌《みそ》をといていたおばあちゃんは、きょとんとして、

「まあ、これは立派なひおうぎ貝じゃねえ」

「ひおうぎ貝っていうの？」

「そうよ。おばあちゃんも、久しぶりに見たわあ」

「食べられる？」

「食べられるよ。浜焼きにしたり、酒蒸しにしたり、とてもおいしいっちゃが」

おばあちゃんはひおうぎ貝をとって、手首をかえし、貝の表と裏を交互に見た。

「これ、どうしたと？　ここらへんじゃ獲《と》れんが」

「もらった。きれいなひとに」

「はあ、そうねえ。きれいなひとに」

わたしの言い方が面白かったのか、おばあちゃんは、ふくふくとわらった。

そうか。彼女はやはり、食べてほしいという意味で、この貝をわたしにくれたのだ。

見知らぬひとからもらった生ものを食べるつもりはない。

だけど、彼女の神秘性のせいか、興味が湧いた。

そのきれいな貝の中身を、見てみたい。

外と同じように、中もまた、きれいなのだろうか?

「ばあちゃん、それ、開けられる?」

「開けられるよ。食べたいとね?」

おばあちゃんは、収納棚からナイフをとりだして、貝の閉じた口にさしこもうとした。

そのときだった。

閉じた貝の口が、ひとりでに、パカッと開いた。

そして、無数の白い粒が、バラララッ、と、貝の中から滝のようにこぼれ落ちた。

「あっ」と、おばあちゃんが声を上げる。

床に散らばった鴨の瞳ほどの粒たちは、ころころと転がりながら、蛍光灯の光を浴びて、ぴかぴかときらめいた。

わたしは、一粒を拾い上げて、まじまじと見つめた。

粒は、まっしろではなく、乳白色をしている。完璧《かんぺき》なほどにまんまるで、なめらかで、つやかだ。今日の昼間、わたしの指先に生まれた血の宝石を、そのままミルク色に染め上げたようだった。

「まあ、まあ」

おばあちゃんは、目を丸くした。

「どうしたこと。これは真珠じゃが」

◇

翌日の月曜日、わたしは貝と真珠を持って学校に行った。放課後に海へ行って、あのひとに返すためだ。

わたしの指先の血には価値がないけれど、真珠はちがう。それは本物の宝石で、とても高価なものだ。

いくらお礼とはいえ、そんなものを、しかも、あんなに大量にもらうだなんてできない。いや、一粒だって、もらえない。なにかたいそうなことをしたのではなく、わたしはただ、拾った木をあげただけなのだ。

早く放課後になれと思いながら、時間をやり過ごす。いつものように、懸命に仮面をかぶって、いかにも順応しているような、それがあたり前のことだと受け入れているふうな顔をして、苦しさに鈍感なふりをする。もう十六年もそうしているから、少しは上手になっていると、自負がある。

でも、そのひとだけは……そのひとに接するときだけは、仮面に亀裂《きれつ》が走る。

本当の自分がひび割れの中からのぞいて、仮面をみずから脱ぎ捨ててしまいたくなる。

「あ、森下《もりした》！」

もちろんふだんから、なるべく近寄らないようにしている。けれど、向こうから近づいてこられたら、どうしようもない。

「捜してたつよ。ちょうどよかった」

昼休み、中庭でお弁当を食べてから教室に戻ると、出入り口のところで、生駒《いこま》くんと鉢合わせした。

「五時間目の生物さあ、小テストあるやろ？　ヤマ張ってくれんね。森下、生物めちゃくちゃできるかい」

「う、うん。いいよ」

なんとかうなずいてみせた途端に、顔が熱くなる。痛いくらいに、胸がどきどきし始めた。

悟られないよう、自分の席に戻って、生物の教科書を開く。

「助かった。頼むわ、先生。なんも勉強してきてないとよね」

前の席の椅子に、反対向きに座って、生駒くんがわたしの机をのぞきこむ。

「森下の教科書、ぜんぜんマーカー引いとらんね」

「目がちかちかするから」

「ふうん。俺の教科書なんか、もうぬり絵かってくらいカラフルよ」

生駒くんは、にかっとわらう。

わたしは額に汗をにじませながら、彼に出題範囲の予想を伝える。

生駒康成《やすなり》くん。

百七十六センチ。A型。野球部で、ピッチャーで、かっこいい。誕生日は、十一月二十二日。わたしの誕生日の、ちょうど一週間前。

わたしと彼は、一年生のときから同じクラスで、親しいほうだった。

というより、彼には親しくないクラスメイトがいない。彼はいつも絶妙な案配で、ひととの距離をつめる。

けれども決して、近づきすぎたりはしない。うすい皮膜のような一線を引きながら、相手がこころを開くまで、深入りはしない。そうして機会をうかがって、お互いの間に絆《きずな》が芽生えたのを察した瞬間に、皮膜を一気にとり払う。そうやって彼は、たくさんの人望を集め、みんなと友情を築いている。

そしてわたしが好きなのは、彼がそれを計算ではなく、自然体で行っているところだった。

彼は、まったく打算的じゃない。ありのままの自分で生きている結果として、ありのままを愛されている。それはきっと天性のもので、真似しようとしてできるものではないだろう。そうわかっているけれど、わたしは彼に、あこがれずにはいられなかった。鳥を見て空を飛びたいと思うように、彼の生き方に焦がれてしまう。

彼のようになれたなら。

そうしたらきっと、着たい服を着て、履きたい靴を履いて、どこまでも自由な自分で、どんな街にだって行ける。まっすぐ前を向いて、胸を張って、風を切って歩くことができる。

気づけばわたしは、彼を目で追っている。

表情、仕草、声、行動。

彼のすべてがまぶしくて、あこがれはいつしか恋になっていた。

「助かったわ。ありがとな」

わたしの伝えた範囲のメモをとった生駒くんは、満足そうに息をはいた。

「これでなんとかなりそうやわ」

「ヤマが外れたらごめん」

「いいよ。それはそれで一興じゃ」

生駒くんは、こぶしをわたしに伸ばした。

「いえい」

わたしもこぶしをにぎって、生駒くんのこぶしに、こつん、とあてた。

そうして生駒くんは、にこにこしながら教室を出ていく。

左胸で、心臓が跳ねまわっている。わたしは、生駒くんとタッチしたこぶしを左胸にあてて、深く息をついた。

◇

放課後になって学校を出ると、かたむいた陽が、あたりに蜂蜜《はちみつ》色の光を注いでいた。わたあめになりそこなった砂糖のようなうすい雲が、金色に輝きながら、ゆっくりと北へ流れている。この町の上空には、いつも南風が吹いていた。それが雲を押すから、この町は晴天が多いのだ。

わたしは早歩きで、海へと向かった。砂浜でまたあのひとに会える保証はないけれど、行くしかない。

昨日と同じ道をたどり、大きな水たまりについたのは、午後四時半を回ったころだった。

夕暮れの海は黄金のじゅうたんを敷いたみたいにきらめき、金箔《きんぱく》のような波が、くり返し、砂浜をなめている。

水たまりを過ぎ、海の前に立って周囲を見回すと、砂浜より高い位置にある堤防に、足を投げ出して座っているひとを見つけた。

彼女だ。

わたしは、砂浜から堤防に続く階段を上がって、彼女に近づいた。

彼女は、昨日とまったく同じ服を着ていた。目を閉じていて、こちらに気づいていない。

小首をかしげ、愛《いと》しそうに、なにかに頬ずりをしていた。

やがて、声が届くところまで来た。

「あの」と呼びかけようとして、できなかった。

彼女の様子がはっきりと見えて、言葉が、のどの奥にひっこんだ。

彼女は、流木に頬ずりをしていた。昨日、わたしがあげた、あの流木だ。

そして、彼女の目からは、ぽろぽろと涙がこぼれていた。嗚咽《おえつ》するでも、声を上げるでもなく、幸せそうなほほえみを浮かべて、ただしずかに泣いていた。涙は夕陽を受けて光り、まるでいくつもの真珠が彼女の目から生まれているようだった。

わたしは戸惑い、けれど出会った時以上に、彼女に惹きつけられた。

とても、とてもうつくしかった。彼女はなにか、映画や絵画から出てきたひとのように思われた。美術彫刻に命が吹きこまれたみたいでもあった。

ふと、彼女が目を開ける。

流木を抱いて、深い息をつく。

自分もそうだから、わかる。それは、恋をしているひとの息の仕方だ。

彼女はゆっくりと首を動かしてわたしを見、ひどく驚いた顔をした。

あわてて立ち上がり、走り出そうとするが、足をもつれさせ、倒れこむ。

「あっ!」

わたしは、彼女に駆け寄った。

彼女は、顔からコンクリートに倒れていた。腕をつけなかったのは、ガラスを落とさないようにするがごとく、流木を持った両手を、しっかりと上げていたからだ。

どうしてそこまで、その流木を大事にするのだろう。彼女にとって流木は、それほど価値のあるものなのだろうか。

疑問に思いながらも、わたしは彼女を介抱するべく、彼女の前に回り込み、ひざをついた。

「大丈夫ですか?」

倒れたままの彼女は、ハッと顔を上げ、おそるおそる、手の中の流木を確認する。何の影響もなさそうな流木を見て、ほっとしたようにほほえんだ。

ぷっ。

そのとき、彼女の鼻のあなから、ふき出すように赤い液体がもれた。鼻血だ。

彼女はまたあわてて、血が流木にかからないように、腕を上げる。そのままの姿勢で、ぽとぽとと鼻血を垂らす。シャツに血が染み込んで、まだらな赤い模様をつくっていく。

「ああっ……！」

わたしは、すっかり狼狽《ろうばい》した。

彼女はきょとんとした表情で、無言で鼻血を流し続ける。シャツがどんどん赤くなる。

おろおろとあたりを見回し、そうだ、とひらめく。

わたしはポケットからティッシュを出し、数枚をすばやくねじって栓をつくり、

「えいっ！」

それを、まるで鍵《かぎ》穴に鍵をさしこむように、彼女の鼻にずぼりとつっこんだ。気が動転していたからこそ、逆にそこまで大胆なことができたのだろう。

ひとまずこぼれる血が止まって、彼女は目をぱちくりさせた。小さなのどをこくりと鳴らし、すんすんと鼻をすする。そうして、額の汗をぬぐうわたしに、にこりとわらいかけた。

◇

ほどなくして彼女の鼻血が落ちつき、わたしたちは、並んで堤防に腰かけた。

「あの。また会えて、よかったです」

わたしは鞄《かばん》から、真珠の入った貝を出す。

「これ、お返ししたくて」

彼女は、不思議そうに首をかしげる。念のため、ティッシュはまだ鼻につめたままだ。

「こんなに高価なもの、もらえません」

すると彼女はほほえみ、首を左右にふった。

「いえ、もらえません。困ります」

わたしは彼女に貝をつきつけたが、彼女はふるふると首をふるばかりで、どうあっても受けとろうとしない。

押し問答がしばらく続いたとき、わたしはふいに、自分の意思が彼女にうまく伝わっていないのではないかと思った。

考えてみれば、当然だ。彼女はおそらく、日本人ではない。なのにわたしは、彼女のわからない言語で、一方的に理由を述べて、彼女の厚意を断ろうとしていた。

英語なら、伝わるだろうか？

わたしが、なにを言いたいのか。ニュアンスさえ通じれば、全部はわかってもらえなくてもいい。自信はないけれど、この際、恥ずかしがってはいられない。

「あの。う、ウェア、アーユー、フロム？」

たどたどしいわたしの英語でも、意味が伝わったようだ。

彼女はほほえみをうかべたまま、わたしの顔を見つめて、ぱちぱちぱちと、まばたきを二回した。

そして、彼女は、自分ののどを指さした。

それを見て、たちまち、後悔した。

わたしは、なんて愚かなことをしてしまったのだろう。それこそ、考えてみれば当然のことじゃないか。

しゃべれません。

彼女の目が、そういっていた。

金色だった海が、しだいに夜の色をしのばせる。わたしは自分が情けなくて、くちびるを噛《か》んだ。

そのとき、背中になにかが這《は》うような感触があった。驚きとくすぐったさで、わたしは思わず身をよじり、彼女を見る。

「な、なんですか？」

彼女は、相変わらずほほえんでいる。彼女が、指で、わたしの背中をなぞったのだ。

彼女はわたしに、また前を向くよう、目でうったえる。わたしは仕方なく、前を向いた。

ふたたび彼女の指が、わたしの背中をなぞる。

ぞわぞわしながらも、わたしはその指の動きで、彼女がなにをしているのかわかった。

わたしの背中に、字を書いている。

ゆっくりと、ていねいに、わたしが判別できるように。それが彼女の、意思を伝える術《すべ》なのだろう。

「……な」

わたしがつぶやくと、彼女はパアッと明るい表情をして、こくこくとうなずいた。

ひらがなの「な」。アルファベットを書くと思っていたわたしは、驚いた。彼女は、日本語を理解しているのだ。

彼女は続けて、次の文字をわたしの背中に書く。

……し。

……や。

……る。

わたしが答えるたびに、彼女はうなずき、にこりとわらった。そして彼女は仕上げに、こう書いた。

『わたしの　なまえ』

名前。

「なしやる?」

わたしの言葉に、彼女はくちびるをとがらせ、首を左右にふる。もう一度、わたしの背中に「や」と書いた。今度は、さっきよりも、ずいぶん小さく。

「なしゃる」

彼女はうれしそうに、胸の前で、小さく拍手をした。どうやら、正解のようだ。

なしゃる……ナシャル。

それが、彼女の名前。

ナシャルは自分を指さし、口をぱくぱくさせる。

続けて、すっ、と、わたしを指さした。

あなたの名前は？

声はない。けれど彼女は、そういっていた。

「もりした」

わたしが答えると、彼女はうなずいた。しばらくなにかを待つような間があって、小首をかしげ、またわたしの背中に指を這わす。

『したの　なまえは』

わたしは、彼女の顔を見た。

彼女の大きな瞳は、曇り空の下の、海の色をしている。でも、つめたくはない。それは、外気よりも海水の方があたたかい、冬の海の色。飛びこめばやさしく包んでくれそうな、深度のある瞳だった。

「……ゆき」

その名を名乗ったことが、自分でも、信じられなかった。彼女の瞳が、わたしのこころの深くをのぞいて、真実を見透かしたからかもしれない。

でも、口をついて出た名前の舌触りは、かなしいほどに無機質だった。

胸がぐっとつまって、わたしはうつむいた。

きっと彼女は、奇妙なものを見る目を、わたしに向けているだろう。

つらくて、顔を上げられないわたしの背を、彼女の指がなぞる。

『すてきな　なまえ』

はっとして、顔を上げる。

彼女は、ほほえんでいた。

◇

それからわたしたちは、お互いのことをぽつぽつと話した。

といっても、そこまでくわしく話したわけではない。背中に字を書くやり方は、時間がかかるのだ。

わたしはもっと彼女のことを知りたかったけれど、夜が近い。また明日、夕方にここで会う約束をして、わたしたちは別れた。結局、貝は返しそびれてしまった。

帰路、こころがとてもかろやかだった。自分にのしかかっているたくさんのおもりが、いっぺんにとれたみたいだ。

名を名乗ったわたしに、彼女があんなにも素直な瞳を向けてくれたことが、こんなにもうれしい。

彼女と、ともだちになれたらいいな。

早く、明日にならないかな。

靴に羽が生えたように、足取りが軽い。がまんしようとするけれど、どうしても、口角が上がってしまう。

そうして、うきうきしながら自宅のすぐ近くの通りまで来たとき、向こうから、原付バイクに乗った、郵便配達のおじさんがやってきた。

「やあ。今、帰りね？」

おじさんはアクセルをゆるめ、速度を落とす。

通り過ぎ際に、笑顔でわたしに言った。

「おかえり、慎《しん》太《た》郎《ろう》くん」

◇

閉じた丸窓の先に、春の夜の闇が広がっている。

ガラスに反射して映っているのは、男性の体に、女性の心を持って生まれてしまった、今にも泣き出しそうな自分の顔。とれていたはずのおもりが、いつの間にか、ふたたび、こころにのしかかっていた。

「ゆき」とは、いつかわたしが名乗りたい、本当の自分の名前。「自由」という花言葉を持つ、ユキヤナギからとった。男性の檻《おり》から飛びだして、ありのままの自分として生きるための、大切にしている名前だ。

わたしはぼんやりと、机上の棚にならぶ国語辞典をとった。

『わたしは　そこの　きすいいきに　すんでいます』

堤防で、ナシャルはそう教えてくれた。

そのときのわたしは、彼女のいう『きすいいき』がなんなのか、わからなかった。

ページをめくって、言葉を見つける。

『汽水域。

川が海に注ぎこむところや、湧水のある海中など、淡水と海水が混ざりあっている水域のこと。川から流れ込む淡水の量は、雨量によって不規則に変わる』

わたしは、辞典を閉じた。

丸窓を開け、桟に頬杖《ほおづえ》をつく。そうして、海につながっていない、あの大きな水たまりのことを思い描いた。

きっと、そう。

あの水たまりが、汽水域だ。

二・「変」

最初に違和感を覚えたのは、小学四年生のときだった。

ある日、なにも気にせずにつかっていた「ぼく」という一人称が、ぎこちなく感じられるようになった。自分を「ぼく」というたびに、魚の小骨がのどに引っかかるような気がする。歯車がかみ合っていないままで、時計を回そうとしている感じがする。それに、自分が黒いランドセルを背負い、男の子の服を着て過ごし、男の子として周りから扱われていることが、「変」な気がした。

はじめは、小さな感覚だった。

けれどその感覚は、日を追うごとに体に根を張って、どんどん大きくなっていく。

そしてとうとう、小学五年生の夏に、その感覚から逃げられなくなる出来事があった。

それは、その年になって初めての、水泳の授業前のこと。

泳ぐのが好きなわたしは、授業がとても楽しみだった。

女子たちが更衣室へ移動し、男子だけになった教室で、みんなはさわがしくしながら、あたり前に服を脱ぎ、水着に着替えていく。

その中で、わたしは、まるで時間を止められたように動けなくなった。

どうしてしまったのだろう。もうすぐ、大好きなプールに入れるというのに。

……その期待を何十倍も上回るほど、服を脱ぐのが、恥ずかしくて恥ずかしくて、たまらない。どうしてなのか、自分でも、その理由がわからない。

「慎《しん》、着がえないの？」

クラスメイトの翔《かける》くんが、わたしに声をかける。彼はすっかり着替えを終えて、水着以外はなにも身につけていない。

幼なじみで、一番の親友で、見慣れたはずの、彼の体。

でも、彼の体から目をそらさずにいられない。そらした理由も、わからない。ただ全身が熱くて、汗がにじむ。

「遅れるよ」

「あ、ああ……」

わたしは歯を食いしばって、半袖《そで》の開襟シャツの第一ボタンに指をかけた。そしてまた、動けなくなった。

「どうした？」

翔くんが、怪訝《けげん》そうに、わたしの顔をのぞきこむ。

「……ごめん。体調が、悪くて」

「え？　大丈夫か？」

「……うん。ぼく、保健室に行くから、先生に伝えてくれないかな」

「わかった。ゆっくり休めよ」

男子たちが、教室から出ていく。

わたしは、始業のチャイムが鳴るのを待ってから、前と後ろの扉を閉めた。

誰もいない空間で、ゆっくりとシャツのボタンを開けていく。

平気だ。脱げる。恥ずかしくない。

そうしてシャツを脱ぎ、上半身があらわになったとき、がらら、と、前の方の扉が開いた。

「ゴーグル、ゴーグル……」

そうつぶやきながら、翔くんが入ってきた。わすれものをとりにきたのだろう。

わたしは反射的に、腕を交差させて、胸をかくした。

そして、自分が無意識にとったその行動に、とてつもないショックを受けた。

「あれ？」

翔くんが、びっくりしてわたしを見る。

「慎、保健室に行ったんじゃ？　授業、受けんの？」

その場をどうごまかしたのか、よく覚えていない。

◇

わたしは、おかしくなってしまったのだろうか。

頭の中が、女の子になってしまったのだろうか。

……ちがう。

本当は、どこかで気づいていた。

わたしは、生まれたときから、そうなのだ。

自分を「ぼく」ということも、自分が黒いランドセルを背負い、男の子の服を着て過ごしていることも、男の子として周りから扱われているのも、はたから見れば、ふつうのこと。

「変」なのは、わたしの方だった。

この時代は、こういう「変」にも理解が深くなったと、テレビで誰かが言っていた。

それでもわたしは、この「変」を打ち明けることはできない。そうすれば、自分が傷つくのを知っているから。そして、両親も傷つけてしまうから。わたしを男性だと思って育ててきたふたりを、裏切ることになる。

特に、父。

本当のことを話したとき、父がどんな顔をするのか、目にうかぶ。

それはきっと、あのときの翔くんと、同じ顔。

いや……父は、もっとおそろしい顔をするかもしれない。なにを言うかも、想像はたやすい。「この時代」という言葉さえ通用しない、古い考えを持つ父は、容赦なく、わたしのこころをえぐるだろう。それどころか、わたしを見捨てるかもしれない。

家族が壊れてしまったら、余計に母を悲しませる。

告白なんて、絶対にできない。わたしはこの事実を秘密にして、ずっと抱えて生きていくしかない。

わたしは、男性の仮面をかぶり続けることにした。

「変」に気づくまで、ずっとそうやって生きてきたから、男性の演技は達者だった。学校生活もまた、男性として、うまくこなすことができる。言うまでもなく、大きな苦痛をともないながら。

ただ、水泳の授業だけは耐えがたく、てきとうな理由をつけて、ずっと避けた。震えるほどの恥ずかしさがこみ上げて、これぱかりはだめだった。

……でも、男性の仮面をかぶる限り、逃げ続けることはできない。この不面目について、先生から父に連絡がいくのはまずい。

わたしは歯を食いしばって、補習を受けた。

補習はクラスメイトのいない休日に行われるけれど、やはり、ちらほらとほかの生徒がいる。

ずっと、腕組みをしていた。不自然にならないよう、できるだけ胸をかくして準備体操をしたら、わたしはすぐに、プールに入る。

水の中なら、からだを見られない。それに、濡《ぬ》れてしまえば、泣いているのがばれないから。

◇

ほんのりと薄桃色だった春の空気に、萌《も》える緑の元気な色がじわりと染みてきた。散り終えたさくらには、みずみずしい若葉がしげっている。晴れた中でもときおり吹く水っぽい風が、梅雨のおとずれを予感させた。

「味はどう?」

日曜日の午後一時。

わたしとナシャルは、堤防に腰かけて、おにぎりを食べていた。

「しょっぱくない? 昆布、入れすぎちゃったかも」

ナシャルは、口いっぱいにほおばっていたおにぎりを、ごくりと飲みこんだ。ひざにのせている、小さなホワイトボードをとって、ペンをはしらせる。

『おいしい　とっても　とっても』

丸っこくて、かわいい字。ボードを見せてわらう彼女に、わたしも笑顔を返した。

ボードは、わたしが町のホームセンターで買ってきたものだ。ペンを収納できるホルダーと、かわいいネコ型のイレーサーがついている。これで、スムーズに彼女と会話ができる。我ながら、いいものをあげた。

「よかった、口にあって」

『ゆきのごはん　ぜんぶおいしいよ』

彼女と出会って、一ヶ月。

わたしは放課後だけでなく、休日も汽水域に通うようになっていた。ほとんど毎日、彼女に会っている。

彼女の前では、自分を偽らなくていい。彼女が「ゆき」と呼んでくれるからだろうか。わたしがわたしとして、そこにいられる。男性の仮面をかぶることで胸に充満する悪いガスが、彼女に会うと、スーッと抜けていくようだった。

『ありがとう　ゆき』

「うん。またお弁当つくって来るね」

少しでも彼女の力になりたくて、わたしは食料や日用品を彼女にさし入れていた。

◇

仲良くなるにつれ、彼女のことをだんだん知っていく。

彼女は前に、汽水域に住んでいると言った。

わたしは、きっと海の近くに家があるのだろうと解釈した。

けれど、それはちがった。彼女は言葉通り、本当に、汽水域に住んでいたのだ。

『そこにある　あみのベッドで　ねてるよ』

『たまに　ようすをみにきてくれる　なかまがいて』

『そのなかまが　たべものや　ふくを　くれるよ』

ある日、彼女はそうわたしに伝えて、汽水域付近の漂着ゴミの山から、水の入ったペットボトルや、そこかしこが破れているジャケットを出してみせた。

そういえば、真珠のつまった貝も、その山から出していた。それはゴミではなく、すべて彼女の所有物だったのだ。

いくらなんでも、と思う。

「あの。あなたの、家族は……？」

『いるよ　とおいところに』

「外国？」

『たぶん』

「たぶん、って……」

『もう　ずいぶんあってないから　わからない』

なにか、複雑な事情がありそうだ。

そこで、生駒くんの顔が頭にうかぶ。

わたしは、彼から学んでいる。相手のことを知りたいからといって、そう簡単に深入りしてはいけない。

「……様子を見にきてくれる仲間って、どんなひと？」

『かに』

「カニ？」

『おせっかいな　かに』

カニ……みたいなひと？　うまくイメージがわかない。

「どうしてそのひとは、あなたに、その……ぼろぼろの服ばかり渡すの？」

『そのひとも　ひろってきてるから』

「……。そのひとは、どんな食べものをくれるの？」

『かいそう』

べつだんやつれてもいないし、服装以外はまったく汚らしくないのが不可解だけれど、彼女がろくな生活を送っていないのはあきらかだった。

今や彼女は、わたしの大切なともだちだ。大切なともだちが、屋根のない場所で夜を明かしているのだと思うと、いてもたってもいられない。

「よかったら、うちに住まない？　あまってる部屋があるの。おばあちゃん、やさしいから、きっと受け入れてくれるよ」

わたしは、そう提案した。

けれど彼女はほほえんだまま、首を左右にふって、

『ありがとう　でも　ここにいる』

「どうして？」

『ほねを　さがしてるの』

骨。

彼女は所有物の山を漁《あさ》り、奥深くから、なにか大きなかたまりを、重そうに抱えて出した。

そのかたまりは、貝。二枚の貝がらからなっていて、口がうねうねと波打っている。これの名前は知っていた。シャコ貝だ。

彼女はシャコ貝を置いて、ていねいにその口を開けた。

中に、数十本の白い流木があった。長さや太さはふぞろいだが、そのどれもがきらきらと

白いかがやきを放っている。出会った日、わたしが彼女にあげた流木とそっくりだ。

「これが、骨？」

よく見れば、流木には、小さなかけらのようなものや、石みたいなものもある。

『わたしの　すきなひとの　ほね』

はにかむ彼女を見て、少しだけ、背すじがつめたくなる。

『うみの　じこで　もういないひと』

『ふねが　しずんで　かえってこなくて』――

彼女は、あるとき偶然、この砂浜でそのひとの骨を見つけた。船が沈んだ海域の流れが、この砂浜に通じているらしい。

『みつけたとき　ほんとうに　うれしかった』

『いろんなところを　たびして』

『ずっと　さがしていたから』

まさか。これらは、本当に人骨なのだろうか。

確かに、骨といわれればそう見えないこともないが、にわかには信じられない。

しかし彼女は、嘘をついているようでも、わたしをからかっているようでもなかった。

「……どうして、これが、そのひとの骨だってわかるの？」

仮に本物の人骨だったとしても、それが彼女のすきなひとのものだという証拠はない。ひとではなく、クジラやイルカといった海獣の骨と考えるのがふつうだ。

すると彼女は、考えるふうに上を向いた。しばらくそうしてから、答えを見つけたのか、ほんのりと頬を赤らめて、ボードにこう書いた。

『あのひとの　においがするから』

続けて、

『いつ　あのひとのほねが　ながれてくるか　わからない』

『まえ　ゆきがそうだったように　ほかのひとにひろわれたら　たいへん』

『だから　ここにいなきゃ』

◇

それらが木だったとしても、本物の人骨だったとしてもいい。

わたしは、彼女になるべく寄り添いたい。無性におせっかいを焼きたくなる、小動物のような魅力が彼女にはある。彼女がうれしいなら、わたしもうれしい。

そうしてわたしたちは、食事やおしゃべりを楽しんだあと、一緒に砂浜で骨を探すのが日課になった。

おもしろいもので、砂浜には、一日ごとに新しい漂着物がある。まるで間違い探しのように、砂浜の光景は、昨日と比べてささやかにちがう。

ただ、流木はたくさんあるものの、彼女が首を縦にふるような骨はなかなか見つからない。すみずみまで見て回ったけれど、残念ながら、今日も空ぶりに終わってしまった。

骨は、めったに流れ着かないらしい。『わたしも　なんねんもかかって　あれだけだから』と、彼女はいった。

斜陽がわたしたちの影を伸ばす。午後五時を回っていた。

『あしたは　あるかも』

「そうだね。きっとそう」

『ゆき　ありがとう　またね』

「うん、またね」

手を振って彼女と別れた帰路、ふと、思いつく。

明日会ったら、彼女に、フェルトのマスコットをあげよう。

手芸は、わたしのひそかな趣味のひとつだ。彼女は子どものように純粋なひとだから、きっとよろこんでくれるだろう。特別なことはないけれど、ともだちに贈り物をするのに、理由はいらない。

わたしは、ホームセンターの近くにある手芸屋さんに寄った。

そこは、こぢんまりとした、かわいいお店だ。整然と並んだ棚のいたるところに、羊毛フェルトでつくったねこや、あみぐるみのくまが置いてある。棚の中には、色とりどりの毛糸や生地が収められている。レジの前に座る店主のお姉さんが、わたしににこりとほほえんだ。彼女のとなりにあるミシンが、ぴかぴかとかがやいていた。

目当てのパッケージは、レジのとなりの小棚にある。自室の机上のマスコットは、全部、このお店で買ってつくったものだ。

「あっ」

見慣れたはずの品ぞろえの中に、まさに彼女にぴったりのものがあった。『新商品』と、ポップがつけられている。まるでピースをしているように、にこにこと両手のはさみを上げている、かわいらしいカニのマスコットのキットだ。

彼女はいっていた。様子を見にきてくれる仲間は、カニのようなひとだと。うきうきした。このマスコットをあげたら、彼女はわらってくれるにちがいない。

「森下くん？」

パッケージを手にとったとき、ふいに、後ろから声をかけられた。

「わっ」と身をふるわせて、ふり向く。

眼鏡をかけた、背の低い女の子が立っていた。

「やっぱり。森下くんだ」

表情をゆるめるその女の子は、クラスメイトの、筒見《つつみ》さんだ。

「こんにちは。こんなところで会うなんて」

「あ、ああ。そうだな」

答えながら、わたしは自分の油断を後悔した。

このかわいい手芸屋さんに、ぼくがいるところを見られてしまうなんて。自分の部屋と、ナシャルの前以外、わたしはいつでも、ぼくでなくてはならないのに。

もし、ぼくがわたしであると知られたら、きっとまた、気持ち悪がられてしまうだろう。もう、あんな想いはしたくない。

「それ……」

わたしが怯《おび》えていると、筒見さんは、わたしが持っているパッケージに視線をそそいだ。

はっとし、あわてて、

「あ、これは。えっと、ばあちゃんに、買ってきてって頼まれて」

「そうなんだ。森下くんのおばあちゃん、かわいいのが好きなんやね」

「あ、ああ。家にもたくさんあって、困っちゃうよ」

「そうやと？」

筒見さんは、目をかがやかせる。

「私も、かわいいマスコット、大好きなの」

「手芸が趣味？」

「うん。マスコットづくりの他にも、手袋とか、セーターを編んだり……」

筒見さんは、着ている白い薄手のセーターの裾《すそ》をつまんで、示すようにした。両袖と、胸からお腹にかけて、きれいな縄編みが入っている。

「これも、自分で編んだんだよ」

思わず、

「えっ、すごい！」

「小さいころからやってるから、色々つくれるようになっちゃった」

「かぎ針で編んだの？」

「え？　うん、そうだよ」

「すごいなあ。縄編み、むずかしいのに……」

わたしも編み物をするけれど、彼女みたいに達者にはつくれない。

いいな。教えてもらいたいな。

彼女と、手芸の話がしたいな。

「森下くん、詳しいと？」

彼女の質問に、緊張感が戻る。いけない、つい勢いづいてしまった。

「いや、あの。ばあちゃんがやってるのをとなりで見てたら、いつのまにか詳しくなってた、っていうか」

「そっか。森下くんは、やらないの？」

「ぼくは、やらない」

「楽しいよ。おすすめ」

彼女はふんわりとわらって、

「あ。私はね、コットンを買いにきたの。手染めをしてみたくて」

クラスでの彼女は、海の底の貝のように黙っていて、とてもおとなしい。だから、ふだんの彼女がこんなにも明るくしゃべるのが、わたしはとても新鮮だった。

と、そんなわたしの気持ちを察したのか、彼女はふと赤くなり、

「じゃあ、またね」

そそくさとレジで会計を済ませ、お店を出て行った。

◇

次の日、登校してクラスへ向かうと、なにやら教室がにぎやかだった。

見れば、生駒くんの席に、人だかりができている。漏れ聞こえてきた話によると、昨日、野球部の大会があったらしい。その試合で、生駒くんが、大きな活躍をしたという。

わたしは自分の席につき、鞄《かばん》を置いて、聞き耳を立てた。

「ほんと、生駒がいなかったら、絶対に負けてたわ」

クラスメイトの竹田《たけだ》くんが言う。彼も野球部だ。

「あの強豪相手に、完封。しかも、二打席連続ホームラン。スカウトが来てたら、絶対に声かけられてたわ」

「いや、運がよかっただけだって」と生駒くんの声。

「謙遜《けんそん》すんなよ。おまえ、絶対プロになれるよ」

「えー、じゃあ今のうちにサインもらっとこうかなあ」

「私も、私も！　あ、写真もとって、一緒に！」

彼の周囲の女子たちが、黄色い声を上げる。ずき、と胸が痛む。彼女たちがうらやましい。

彼女たちは、彼への「可能性」を持っている。

つらい。

つらいのに、耳をそばだてずにいられない。

「今年の野球部って、甲子園《こうしえん》狙えるくらい強いんやろ？　歴代最高のメンバーが集まったって聞くわ」

「ああ。期待してくれていいよ。なんてったって、ウチには生駒がいるっちゃかい」

「竹田、もうやめてくれ。いい加減、恥ずかしいがや」

「おいおい、今からそんなで、甲子園のお立ち台でうまくしゃべれると？」

みんながわらい声を上げたとき、チャイムが鳴った。「席につけー」と言いながら、教室に先生が入ってきて、ホームルームが始まる。わたしはずっと、うつむいていた。

矛盾する気持ちが、胸を締めつける。

彼が褒められるのは、本当にうれしい。なのに、どうかこれ以上は活躍しないで、とも思ってしまう。これ以上、人気者にならないで、と願ってしまう。

可能性のない、わたしが。

「変」な、わたしが。

◇

「うわっ！」

休み時間に、六時間目の授業の準備をしていたときだった。

机上に鞄を置いて、中身の整理をしていると、ガムテープを丸めたボールを投げ合っていた男子のひとりが、体勢をくずして、わたしの机にぶつかってきた。鞄が落ち、床に教科書やノートが散乱する。

「すまん、森下！」

その男子は、竹田くんだ。

彼はあわてて、鞄の中身を拾い集め、

「ん？」

フェルトのカニのマスコットをつまみ上げ、「なんだこれ」と言った。

「あっ！」

それは、昨晩につくった、ナシャルへのプレゼント。今日、渡そうと思って、持ってきていたのだ。

わたしは彼の手から奪うように、マスコットをとり上げた。

「それ、森下の？」

「あ、えっと……」

「えらいかわいいがや。そういうの好きやと？」

他意のない顔で、竹田くんは言う。

「いや、これは……」

わたしは、マスコットを鞄の内ポケットにしまった。

「ばあちゃんが、つくってくれてさ。無理矢理、持たされて……」

「へえ！　すげえな、手作りね？」

竹田くんは感心したようだった。

「器用やね、森下のばあちゃん」

うなずきながら、わたしは胸をなで下ろした。わたしの仮面には、少しのほころびも許されない。自分でつくったと知れたら、それが亀裂《きれつ》となって、またかなしい想いをすることになるだろう。

やがて放課後になり、わたしは足早に海へと向かった。

いつものルートで汽水域に着くと、堤防に座って、ナシャルが骨に頬ずりをしていた。前にも一度、見た光景だ。足音でわたしに気づいた彼女は、目を開けて、かたわらに置いていたボードを手にとった。

「こんにちは、ナシャル」

彼女は、にこりとほほえんだ。

「あのひとのにおいをかいでいたの？」

彼女のとなりに腰を下ろしながら訊《き》くと、彼女は首を左右にふり、

『ほねを　ほっぺにあてて　めをとじると』

『あのひとと　いっしょにいたときの　おもいでが　みえるんだよ』

「思い出が見える？」

彼女はうなずく。

『ふたりですごしたじかんが』

『えいがの　わんしーんみたいに　まぶたのうらに　よみがえる』

彼女は、ひざにのせている骨に視線をそそぐ。

『このほねは　あのひとと　はなびをみにいった　おもいで』

「花火」

『なつに　ふたりで　ゆかたをきて』

『よるの　じんじゃでみた　はなびのおもいで』

彼女は、暮れゆく空に目を向ける。赤い夕陽を受けるその瞳《ひとみ》は、本物の花火がうつっているようだった。

『ほねには　ふたりのじかんが　つまってる』

『ほねの　ぶいによって　みえるおもいでが　かわるよ』

『ふたりで　おさんぽしたときとか　おしょうがつ　おもちをたべたときとか』

わたしはしずかに、彼女のつむぐ言葉を待つ。

『ほんとうは　あのひとのほねを　ぜんぶあつめたい』

『でも　それはできないって　わかってる』

人間は、二百個以上の骨の組み合わせからなっていると、生物の授業で習った。そのすべてが、都合よく、砂浜に流れつくことはない。彼女はそれを、知っている。

『それでも　どうしても』

『もういちどみたい　おもいでがあって』

『わたしは　そのおもいでをみせてくれるほねを　まってる』

「どんな思い出を、待っているの？」

相手のことを知りたいからといって、そう簡単に深入りしてはいけない。

いつも自分に言い聞かせていたことが、このときばかりは頭の中から飛んでいた。それくらい、このナシャルという謎めいたひとには、中をのぞいてみたいと思わせる、魅惑的な深度がある。

彼女は、ボードに目を落とす。

これまでより時間をかけて、文字を書く。

『あのひとに　ぷろぽーずされたときの　おもいで』

そう返答した彼女の表情は、なぜか暗い。それはきっと、すてきな思い出であるはずなのに。

『わたしはそのとき　あのひとに　いうべきことを　いえなかった』

『そして　そのつぎのひに　あのひとは　いなくなった』

『わたしは　あのひとを　ずっとだましてた』

『ほんとのことをいえなくて　うそをついたまま　いっしょにいた』

沖にいるタンカーの、ボーッという汽笛が聞こえる。

『たとえそれが　おもいでのなかだけだったとしても』

『わたしは　あのひとに　あやまりたい』

『ほんとのことを　つたえたい』

『じゃないと　わたし。いつまでも　こうかいしたまま』

『この　きすいいきに　ずっといるまま』

『うみへ　かえれない。みらいへ　むかえない』

「……本当のことって、なに？」

無意識だったとしても、こぼれた言葉を取り消すことはできない。

あっ、と、わたしは手のひらで口をおおった。

彼女をとらえている後悔。その後悔の原因をたずねるのが、どれだけ残酷か。少し考えればわかることだ。

もう遅い。わたしの声は、彼女の耳に、しっかりと届いてしまっていた。

「ごめん。今のは、忘れて……」

あわてるわたしを、彼女は見つめた。これまでに見たことのない、真剣な顔をして。

でもそれは一瞬で、彼女はすぐに、ふっ、とほほえんだ。

そうして彼女は文字を書き、ボードをわたしに見せた。

『わたし　ほんとは　にんぎょなの』

◇

恋人との思い出を見せてくれる骨を拾うために、自称人魚というひとが、汽水域に住んでいる。

正気じゃない。ばかげている。変わったひとが、おかしなことを言って、おかしなことをしているだけだ。

客観的にみれば、そう思うのがふつうかもしれない。

でも。

でも、わたしには、彼女の伝えてくれることが、わずかな濁りもなく、真実として流れこんでくる。それは、わたしに向ける彼女の灰色の瞳が、雪をたくわえた冬雲のように、どこまでもきれいだから。その感覚は、うんと澄んだ水が、すうっとからだに染みこんでいくのに似ていた。

猜《さい》疑《ぎ》心なんて、ひとかけらもない。

それを打ち明けた彼女は、なにも、「変」じゃない。

なにも「変」に、思わない。

思えない。

わたしは、ひたすらまっすぐに、彼女を信じていた。

三・汽水域の人魚

この町に引っ越してくるまで、わたしはいつも、翔くんといた。

家がとなり同士で、家族ぐるみのつきあいがあった。物心がつく前から、わたしたちは兄弟のように育ったのだ。

どこへ行くにも翔くんとだったし、なにをするにも翔くんとだった。幼稚園からはじまり、小学校も、中学校も、わたしたちは同じところに通った。社交性がなく、ひとづきあいが苦手なわたしにとって、彼は、ただひとりの親友だった。

彼はいつでもわたしを気にかけ、いたわってくれる。わたしが困っていると、すぐに助けてくれる。

同い年なのにおかしいとは思うけれど、ひとりっこのわたしは、それこそ「兄がいたらこんなふうなんだろうな」と、翔くんを見て思っていた。彼もまた、わたしを信頼し、こころを開いてくれていただろう。

つらいのは、そんな彼に、嘘をつき続けなくてはいけないことだった。

わたしは、自分が「変」だと気づいてからも、彼に「慎太郎」として接していた。男性の仮面をつけて、本当の自分を……「ゆき」をひた隠しにして、彼と過ごしていた。

プールを避けるために使う仮病を、彼は本気で心配する。

トイレで体操服に着替える理由を、彼は本気で詮索《せんさく》する。

「慎。なんかあるんだったら言えよ。おれがなんとかしてやる」

彼がやさしい笑顔を向けてくれるたび、胸がじくじくと痛んだ。その笑顔は、男ともだちだけに向ける、素朴で屈託のない、こころをゆるした笑顔。そんな顔を向けられる資格なんて、わたしにはないのに。

罪悪感に苦しみながらも、わたしは彼に、秘密を打ち明けられずにいた。

そして、中学二年生の、春。

声が、うまく出なくなった。

どうやっても、くぐもってしまう。のどに触れてみると、小さなこぶのようなものができていた。

しばらくすれば治ると思って、そのまま過ごしていた。しかし、それから一ヶ月が経って、声はよくなるどころか、悪化した。これまでに比べてうんと音が低く、前に響いていかない。のどのこぶもいっそうにふくれて、ごつっとするまでになっていた。

まさか、と、血の気がひく。

男性の仮面がそのままあらわれている自分の顔を見るのがつらいから、わたしはふだんから、鏡を避けていた。入浴時のお風呂《ふろ》場の鏡には、濡《ぬ》らしたタオルを張りつけて、見えないようにする。自分の外見が、なにより自分を苦しめるから。

それでもわたしは、ひとすじの希望にすがって、鏡を見ずにいられなかった。

なにかの間違いだ。よくないできものが、できているだけだ。

洗面台の前に立って、伏せていた顔を上げる。

病気であったほうが、どれだけよかっただろう。

それは、のどぼとけだった。

わたしは、声変わりをしていた。

くらくらして、涙がこぼれた。鏡には、いつの間にか、ひどくがっしりとした体つきになった「慎太郎」が映っている。口の周りに、うっすらと、産毛ではない毛が生えている。

ひげ、と気づいた途端、体の力が抜けた。

へたりこみ、腕で涙をぬぐうと、眉間《みけん》にいやな触感があった。少し前に剃《そ》ったばかりの腕の毛が、これまで以上に、太く、黒々と生えていた。

はじけてしまいそうだった。

自分でもわからないくらい、私は大きな声を上げていたらしい。

どれくらい、そうしていただろう。そのとき、両親は留守で、家にはわたしひとりだったけれど、気づけば、すぐ近くで声がした。

「どうした、おい、慎！」

翔くんの声だった。

「なにがあった？　大丈夫か？」

翔くんは、うずくまって泣くわたしの背に、あたたかな手のひらをあてた。顔を上げると、ひざをつき、心配そうな表情をうかべる翔くんが、涙でゆがんで見えた。わたしの泣き声を聞き、何事かと、勝手口から様子を見に来てくれたようだった。

「翔くん」

わたしは、彼にすがりついた。

「いやだ、いやだ」

「なあ、どうしたんだ、いったい」

「いやだ、いやだ、ああっ」

それしか言葉がない。

こころを無視して、からだが勝手に男性になっていく。

その変化が、恐ろしくて、気持ち悪くて、いやで、いやで、いやだった。

「どうして、どうして」

「慎」

「どうして、こんな目にあうの。どうして、こんなふうに生まれてきてしまったの。つらい、つらいよ」

胸のうちから、激情があふれてくる。翔くんのふとももに、顔を押しつけた。

「わたし、男じゃない。わたし、男じゃないのに！」

「わかった、わかったから、わけを話してくれよ」

翔くんが腰を下ろし、わたしの背をやさしくなでる。

血だらけのこころが、逃げ道を探す。ひとりでは耐えられない痛みが、あとからあとから体をつき刺してくる。おかしくなりそうだった。助けてほしかった。

――翔くんなら。

翔くんなら、本当のことを言っても、受け入れてくれる。助けてくれる。

そうだ。彼なら、彼なら、きっと、きっと……。

仮面にかかった手が、しずかにそれを外した。

わたしはへたりこんだまま、彼に、わたしの「変」を、告白した。

どんな言葉で、どんなふうに伝えたのかは、覚えていない。

記憶にあるのは、話を聞いている翔くんが、ずっと眉根《まゆね》を寄せていたこと。

そして、そのまま、なにも言ってくれなかったこと。

◇

翔くんの表情と無言は、もっともだった。ずっと男だと思って接してきた、兄弟のような幼なじみから、なんの準備もなく「自分は女性だ」と打ち明けられて、すぐに飲みこめるはずがない。

わたしはそれから三日間、学校を休んだ。仮病ではない。ショックがそうさせたのか、高熱が出たのだ。

具合がよくなると、わたしはまた、男性の仮面をつけて学校へ通った。「変」のことは、翔くんにしか言っていない。両親にも秘密のままだった。

朝、教室に入ると、そこにいたクラスメイト全員が、わたしに視線を向けた。

三日ぶりの登校だからだろうと思ったが、そうではなかった。

「なあ。これからは、森下さんって呼んだほうがいい？」

男子のひとりが、わたしに声をかけた。

えっ、と思って、気づく。

みんながわたしに向けている目。

それは、まるで珍しいいきものを見るような、奇異の目。

「聞いたよ。たいへんだな」

はっとして、翔くんを見る。翔くんは、顔をふせる。

翔くんが、みんなに話したのだ。

「べつに、オカマ、ってわけじゃないんだよな？」

クラスメイトが、悪気なくたずねる。

「オカマじゃなくて……こころの病気なんだよな？」

「おい！」

翔くんが、すかさず怒声を上げる。

「おまえ、なに言ってんだよ！」

「えっ？」

「おれがみんなに慎のことを話したのは、みんなで、慎をわかってあげよう、って……！」

苦しそうな翔くんの声は、遠くに聞こえた。

「なんか……なんか、俺たちにできることがあったら、言えよな」

クラスメイトは、ぎこちない笑みをうかべた。

そこから、わたしに対するみんなの態度が、あきらかに変わった。

彼らはわたしを、腫《は》れ物にさわるように扱いだしたのだ。

それはいわゆる「いじめ」とは違う。無視したり、ひどい言葉を浴びせたり、ということではない。

彼らはわたしを、懸命に理解しようとしてくれる。それは、わかる。当事者として、痛いほど感じる。

でも、十四歳のこころはまだ、このむずかしい事実を飲みこめるほど、成熟していない。

わたしという存在が、異物としてクラスの中にある。得体の知れないものに対する好奇心と恐怖感が、教室中に蔓延《まんえん》している。彼らは、わたしにどう接していいのか、わからなかったのだ。

こんなことは、望んでいなかった。わたしは、特別扱いされたいわけじゃない。ありのままで、ふつうに過ごしたい。それだけなのに。

ほどなくして、わたしは学校に行かなくなった。

翔くんとも、口をきかなくなった。

◇

結局、卒業するまで、わたしは家にひきこもっていた。

わたしの両親は、この不登校の理由を「いじめ」だと思った。しかし、プライドの高い父は、母がその推測を学校に伝えようとすると、激昂《げっこう》した。そんな原因が周囲に知られるくらいなら学校に行くな、と、わたしと母に怒鳴った。

受験の時期がきて、わたしは「他県へ働きに出たい」と両親に話した。外に出ない間も勉強は続けていたけれど、高校……特に、東京の学校に進学するのがいやだった。入学した先で、もし、わたしの「変」を知っている同級生がいたら。街で出くわしたら。そう考えると、苦しくてたまらなかった。

当然ながら、両親は猛反対した。特に父は「それなら勘当する」とまで言った。

ならばとわたしは、家を出て、誰とも関わることなく、ひとりで生きていこうと決心した。

母から提案を受けたのは、ひそかに計画していた家出を明日に控えた夜だった。

「ねえ、慎太郎。片辺菜《かたべな》の高校を受けてみない？」

宮崎県、片辺菜町。わたしの母方の実家があり、今は祖母がひとりで住んでいる町だ。

「おばあちゃんちに住んで、そこから通うの」

父と違い、母はわたしにやさしくしてくれる。

「慎太郎が学校に行きたくないのは知っているわ。東京にいたくない、ってことも、わかってる。……でもね。高校だけは、絶対に出ていた方がいい。これからの、未来のために」

医者と看護師である両親は、なかなかまとまった休みをとることができず、親戚《しんせき》で集まるべき年の瀬やお正月は、いつも祖母を東京に招待していた。だからわたしは、帰省、というものをあまり経験したことがない。以前に宮崎に行ったのは、まだ、わたしが六歳のときだったか……。

おぼろげな記憶を探り、片辺菜の町を思い描く。

なにもない、自然のゆたかな、南風の吹く町……。

「母さん、仕事があるから一緒には行けないけれど……でも、お休みがとれたら、必ず会いに行くから。慎太郎が呼んでくれたら、飛んでいくから」

母は、目に涙をいっぱいためて、わたしを抱きしめた。

わたしを知るひとが、ひとりもいない町。父のいない家。自然に囲まれた環境。それらの魅力に、母の懇願が足し算される。

「……わかった」

わたしがうなずいたときの、母の救われたような顔は忘れられない。

そうしてわたしは片辺菜の高校を受験し、合格した。

「まあ、慎くんと一緒に住めるとね」

迷惑をかけるのを心苦しく思っていたけれど、祖母は快くわたしを受け入れてくれた。

「おじいちゃんがなくなってから、ずっとひとりだったから。ああ、うれしいわあ」

不安がなかったと言ったら、嘘になる。

でも、東京の街を去るときは、固い扉のように閉じていた胸骨が開いて、そこに、さわやかな風が吹き抜けるようだった。

◇

梅雨が明けた町を、群青の空がおおう。たっぷりと雨露を飲んだ草花はいきいきとかがやき、南風にも動じない積乱雲が、夏のおとずれを告げていた。

七月の学校は、にわかに色めきだっていた。というのも、夏の甲子園へと続く地方大会で、野球部が快進撃をみせていたのだ。

「もし甲子園出場が決まれば、何十年ぶりのことだろう」

例年の野球部は、一回戦で早々に負けてしまうらしい。しかし現在は、三回戦まで進出。しかも、前二戦は、大差での勝利を収めていた。

この健闘に、生徒も教師も、期待に胸をふくらませずにはいられない。とりわけ、部の躍進を誰よりも支えている生駒くんと同じクラスであるみんなの間では、大きな興奮が渦巻いていた。

「生駒、ほんとにすげえわ！」

気にしないようにしていても、彼への賛辞が耳に入る。

「投げて打っての、大活躍！　うちが勝ててるのは、間違いなく生駒のおかげ！」

休み時間になると、ほかのクラスの生徒たちが生駒くんのもとに来る。女子だけでなく、男子もだ。それほど、彼には人気がある。今や彼は、学校一の有名人だった。

「なんか、グッズをつくらん？」

ある日の帰りのホームルームで、女子のひとりがそんな提案をした。

「野球部の、応援グッズ。せっかく生駒くんと同じクラスやっちゃかい、そういうの、わたしたちが率先してやらん？」

クラスメイトたちは、次々に賛成の声を上げる。「いい考えだ」と、先生も賛同した。

そうして急遽《きゆうきよ》、どんなグッズをつくるべきかという議題で、学級会が行われた。

Tシャツ、旗、うちわ、メガホン……みんなの色々なアイデアが、黒板に書かれていく。

やがて多数決がとられ、「野球部員へのお守り」が一番に票を集めた。

「お守りか」

先生が腕を組み、むずかしそうな顔をする。

「業者に頼めばいいっちゃろか……」

「あっ、そうだ」

ふと、竹田くんがわたしの方を見た。

「森下。あのカニのマスコット」

「えっ」

突然にクラス中の視線が向いて、わたしはうろたえた。

「ほら。前におまえが持ってきてた、ばあちゃんがつくったたってやつ」

「あ、ああ……」

「あんな感じで、お守りも、手作りできるんじゃねえ？　全員じゃなくて、レギュラーの分だけでんよ」

「なるほど、手作りか」

先生がうなずく。

「それならあまり費用もかからなそうだし、いいかもな」

「うちのクラスで、そういうのができるやつって、いる？」

竹田くんが、クラスで、クラスを見回す。「えー」「むり」と、みんなが声を上げる。

竹田くんはため息をつき、ふたたびわたしを見て、

「じゃあ、森下のばあちゃんに、頼めん？」

「だめやろ」

そう答えたのは、わたしではなく、生駒くんだ。

「それは、迷惑のかけすぎだ。いいって、グッズは。みんなの気持ちは伝わってるかい」

「ううん、そうか……？」

「そうよ。ごめんな、森下」

生駒くんは、苦わらいを浮かべて、申し訳なさそうにわたしに言った。

ずきり、と胸が痛む。そんな顔を向けないでほしい。わたしがなにかをすることで、彼がよろこんでくれるなら、なんだってしたい。その想いが、自然に口を開かせていた。

「できる、かも」

「え？」

竹田くんが、瞳《ひとみ》をかがやかせる。

「あ、いや、あの。ぼくが、ばあちゃんを手伝ったら……」

「森下、そういうのできると？」

「あっ。ほんの少し、だけなら」

「それにしたって、九人分をぜんぶ森下くんに任せるのは、かわいそうやわ」

先生が、助け舟を出す。

「手芸に明るい女子、本当におらんと？　裁縫が得意なひとは」

「先生。女子だから裁縫ができるとか、そういうのはいかんよ」

女子のひとりが言って、わらいがおきる。先生は面目なさそうに、後ろ頭をかいた。

「森下、ほかに頼れそうなひとはおらんと？　ばあちゃんの知り合いとか」

竹田くんが言う。生駒くんは、ずっとわたしを見ている。

体が熱い。

助けを求めて視線をさまよわせると、一番後ろの席にいる女子と目があった。

そうだ、と思う。わたしは、彼女の趣味を知っていた。

「筒見さん」

「筒見?」

わたしと竹田くんに呼ばれて、筒見さんはびくりとした。

「筒見、できると?」

教室中から注目を浴びて、筒見さんは、顔を真っ赤にする。

小さくなってうつむき、それから上目づかいでわたしを見て、彼女はこくりとうなずいた。

◇

ホームルームが終わり、先生が教室を後にする。

みんなが帰り支度をする中、わたしは席を立ち、筒見さんに声をかけた。

「ごめん、筒見さん。巻き込んじゃって」

彼女は、ふるふると首を左右にふった。

「いいの」

「でも、迷惑じゃ……」

「ううん。迷惑どころか、ちょっとわくわくしてるよ」

彼女は、ほほえんだ。

「お守りつくるの、楽しそう。それに、みんながよろこんでくれるなら」

そこで、彼女は思いついたような顔をして、

「よかったら、森下くんのおばあちゃんと一緒につくりたいな」

「えっ！」

「色々、教えてもらいたいなって。おばあちゃんのマスコットも見てみたい」

「あ、ええと……」

まずい。おばあちゃんも手芸をするにはするけれど、わたしほどではない。ごまかさなければ。

「あ、あの。ばあちゃんは、ぼく以外のひとに手芸してるところを見られたくないみたいでさ」

どんな嘘だ、と自分でも思う。

「マスコットも、見せたくないらしくって」

「そう」

彼女は、悲しそうに顔をふせる。

心苦しくて、わたしはとっさに、

「筒見さんがいやじゃなかったら、ぼくと一緒につくるのはどう？　簡単な裁縫くらいなら、

ばあちゃんに教わったから」

　すると彼女は、たちまち表情を明るくした。「うん」と、うれしそうにうなずく。

「悪いな、ふたりとも」

　後ろから、声をかけられる。生駒くんだ。

「面倒事を押しつけて。無理しなくていいかい」

「い、いいって。大丈夫」

「お守り、次の試合に間に合えばいい？」と、筒見さん。

「三回戦は、三日後？　だったよね」

「九人分もつくってくれるっちゃろ？　そんなにあわてんでいいよ」

「え？　けど……」

　言葉につまるわたしの肩を、生駒くんはぽんぽんとたたく。

「すぐじゃなくてよ。決勝に持っていければ、それで十分。一番の大勝負だからな」

「決勝……」

「ああ。まあ、そこまでは、絶対に勝ち上がるし？」

　彼は不敵にわらい、白い歯をみせた。

◇

ずいぶん陽が長くなった。午後五時の海はいまだ青々として、暮れとは無縁の色で躍動している。今日は風が強いので、波が高い。

「……って、ことがあったの」

汽水域に流れ着いた切り株に腰かけて、わたしは、今日の生駒くんのことを、ナシャルに話していた。

彼女には日頃から、学校生活のことを話している。それは自発的にそうしているのではなく、彼女が訊《き》いてくるからで、わたしは渋々答えるのだけれど、はからずも饒舌《じょうぜつ》になってしまうときがあった。生駒くんと、たくさん関われた日だ。

「かっこつけてる、とかじゃなくて。自分で言うのが滑稽《こっけい》だってわかっていながら、ユーモアと自信を織り交ぜて、彼はああいうことを言うんだ。しかも、冗談みたいに言ったことを、本当に実現できるくらいの力が、彼にはある。それが……それが、すごくかっこいいの」

わたしは、「勝ち上がる」と言ってわらった彼の顔を思い描いた。「はあ……」

うふふ、とナシャルはわらう。

『ゆき　いこまくんのはなしをするとき　すごくうれしそう』

血が集まって、ぽっ、と顔が赤くなるのがわかる。

「だって、仕方ないじゃん……」

『ゆき　りんごみたい　かわいい』

「もう、ナシャル！」

わたしが怒った顔をすると、ナシャルは愉快そうにわらった。

誰かと、恋の話ができる。それが、どれだけ幸せなことか。ずっとあこがれていた。

この時間が、いつまでも続けばいい。

『いいひとにであえて　よかったね』

「うん。ナシャルは、どうやって相手のひとと出会ったの？」

『あみにひっかかったのを　たすけてもらった』

「網？」

『あのひとは　りょうし　だったから』

彼女はほほえんで、出会いの日を懐かしむように、遠い目をした。

『そのときは　すぐに　うみへ　にげちゃったけど』

『わたしは　やさしいあのひとが　だいすきになった』

『もう　ずいぶん　むかしのこと』

人間の見た目だと二十代前半くらいにみえるが、教えてもらったところによると、彼女はもう百年以上も生きているらしい。

「そのひととつきあうために、人間の姿になったの？」

彼女はうなずく。

「どうやって？」

『うみの　まじょに　たのんで』

ナシャルは、目を丸くする。どうしてわかったの、と言っているようだ。

「もしかして、声とひきかえに？」

わかるもなにも、それは小さいころに見た、人魚姫のアニメの通りだ。

『どうしても　あのひとに　ふりむいてほしかった』

『こえなんか　おしくなかった』

『にんげんになれたら　あのひとと　いられるから』

ナシャルは、頬を赤くする。彼女の恋心が伝染したのだろうか、わたしもどきどきした。

『ゆきは　いこまくんの　どこがすき？』

「えっ。そんなの、言えないよ……」

『ずるい。わたし　はなした』

「ううん……」

苦わらいするわたしを、彼女が肩で押してくる。白い指で、わたしのわきを、つんつん、とつついた。

「や、やめて！」

くすぐったくて、身じろぎする。しかし彼女は聞かずに、たのしそうにつついてくる。彼女はたまに、そういういじわるをするのだ。

ため息とともに、観念した。

「どこが好き、かあ。……たくさん、たくさん、あるんだけどね」

ザア、と、波がひときわ音を立てる。

こころにしまっていた思い出を、ひとつひとつ、ほどいていく。

◇

最初に「すてきだな」と思ったのは、去年の春。

入学式を終えたあとのホームルームで、自己紹介をしなければいけなかった。順番が回ってきて、わたしはしっかりと仮面をつけ、無難なあいさつをした。

それで終わりのはずだったのに、先生が余計なひとことを足してしまった。

「森下くんは、東京から引っ越してきたそうです」

クラスメイトの数人が、えっ、と声を上げる。驚きの声だ。

ホームルームが終わり、先生が教室を出ていくと、わたしはたちまち、みんなに囲まれた。

「森下くん、なんでこんな田舎に引っ越してきたと？」

「原宿《はらじゅく》行ったことある？　クレープ食べた？」

「歩いてるだけで芸能人に会えるって、ほんと？」

「東京って、民放のチャンネルがふたつ以上あるっちゃろ？」

あとから聞いた話によると、宮崎の学生というのは、「東京」というものに強いあこがれを持っているらしい。九州の中でも「陸の孤島」と呼ばれるくらい閉鎖的な場所に住む彼らにとって、東京という都会は、ほとんど外国なのである。

「ねえねえ、東京のどこに住んでたと？」

「ち、千代田《ちよだ》区。御茶《おちゃ》ノ水《みず》駅の、ちかくだよ」

「わっ、すごい、なまってない！　標準語や！」

そのあとも、興味津々なみんなから、ひっきりなしに質問がとんでくる。右から左から話しかけられて、わたしは目を回してしまった。

「おい、そこらへんにしとけって」

ひとりの男子のよく通る声が、わたしとみんなの間に割って入った。声量のわりに、語気はやわらかく、とげとげしさはない。

「森下くん、困ってるやろ」

苦わらいを浮かべて、その男子……生駒くんが、わたしの前に来た。

「馴《な》れ馴れしいやろ？　みんな、中学もだいたい同じだったかい、入学初日なのに顔なじみだらけで、距離感がおかしいとよ」

そうして彼は、「ほうれ、散れ散れー」と言って、みんなを解散させた。

不思議なのは、そのとき、誰も気分を害した様子がなかったことだ。ぶうぶういうひとはいても、それは本気ではなくて、猫同士がじゃれているような、冗談めいたところがある。彼の人柄のおかげだろうと、わたしはぼんやり思った。

それからわたしは、なんとなく、彼を気にするようになった。

野球だけでなく、彼はスポーツ全般が万能で、体育の授業ではおおいに活躍する。彼が飛んだり跳ねたり走ったりしている姿は、見ているだけですがすがしい。

しかし彼は、自分がどんなに優秀な成績を残しても、得意な顔ひとつしない。それでいて、サッカーの対抗戦でわたしがボールをこぼしたときなどには、「どんまい、どんまい！」と、笑みをうかべ、大声で言ってくれる。

情に厚いひとだと思っていたが、まさにそれを裏付けるようなことがあった。

道徳の授業でのことだ。

視聴覚室で『盲導犬の一生』というビデオを見ているとき、後方の席から、すすり泣きが聞こえてきた。

見ると、人目もはばからず、彼が泣いている。口を開け、洟《はな》をたらし、机上にぼとんぼとんと重たい涙をこぼしている。それに気づいた彼の周囲の男子たちが、「ぶっ」とふき出した。とうとう我慢できなくなったというように、彼は腕を目にあてて、「ううう」と嗚咽《おえつ》を漏らした。

「だってよ。盲導犬は、あんなにつらい訓練をうけて、ずっといい子でよ。目の見えないひとにとって、かけがえのない家族になってくれるのに、でも最後は、人間よりはやく死ぬっちゃろ」

男泣きをする彼に、さすがの先生もわらった。

「気持ちはわかるけど、そんなに泣くかね、生駒」

胸を掴《つか》まれたわたしは、みんなからわらわれる彼を見つめた。

誰にどう思われるかなんて、関係ない。自分の気持ちをかざることなく言えて、涙を流したいときに流せる彼のことを、うつくしい、と思った。

自分を、偽らない。

彼は、そういうこころを持っている。

そうだ。彼は歌が下手なのに、音楽の授業では誰よりも楽しそうに、大きな声で唄《うた》う。わたしがお弁当を忘れたら、「はらぺこの近くで食うメシはまずい」と言って、いの一番に自分のぶんをわけてくれる。クラスメイトのために、納得のいかない指示について、先生に反抗することもあった。

あこがれられずにいられない。

そして……そのあこがれが恋に変わった瞬間を、今でもはっきり覚えている。

高一の、秋の日。

わたしと彼は日直で、放課後に教室の掃除をしていた。

そのとき、わたしは不注意で、棚にあった花瓶を割ってしまった。誰もいない教室に彼とふたりきり、という現実にどきどきして、注意が散漫になり、ほうきの柄があたってしまったのだ。

「あっ」

割れた花瓶を前に、わたしはうろたえた。

「おっと」

彼はすぐに、砕けた花瓶の破片を拾い集める。

「ケガは？」

「あ、だ、大丈夫」

「よし」

彼は小さくわらい、「あるある」と言う。それだけで、救われた。水を張ったバケツに、花瓶に生けてあったスイセンをさしてから、ふたりで後始末をした。

それからわたしたちは、日誌を提出するために、職員室へ行った。花瓶のことを先生に話そうとしたとき、わたしより先に、彼が口を開いた。

「先生、すみません。俺たち、花瓶を割っちゃいました」

「えっ」

驚きの声とともに、思わず、彼の顔を見る。「俺たち」ではない。わたしが割ったのだ。

「おいおい、なにやってんだよ。気をつけろよな」

先生は呆《あき》れた表情でため息をつき、にぎっていたペンで頭をかいた。それからぽつぽつと、小言をくれる。彼が頭を下げる。わたしもあわてて続く。

職員室を出て教室に戻り、彼は鞄《かばん》を手にとった。「さあ、部活、部活」と言う彼に、わたしは声をかけた。

「なあ」

「ん？」

「なんで、一緒にしかられてくれたんだ？」

彼はきょとんとして、

「なにが？」

「花瓶のこと。ぼくが割ったのに」

「それが？」

「いや……。生駒くんは、なにもしてないじゃん。ぼくひとりのせいなのに、俺たちが割った、って」

彼は、考えるような顔をする。

すぐに、

「ふたりでしかられた方が、半分こできるだろ」

「なにを？」

「いやーな時間を」

彼はわらって、鞄を肩にかけた。

「じゃ、また明日な」

後ろの扉を開けて、彼が出て行く。

その背中を見送ったあとでも、わたしは動けずにいた。

まぶしい斜陽が窓から差しこんで、教室を濃い橙《だいだい》色に染めている。左胸の中で、心臓が暴れていた。苦しくて押さえると、手のひらを打つ、強い鼓動が感じられた。

全身に沸騰した血をめぐらせる、恋の鼓動だった。

◇

夢中でおしゃべりしているうちに、あたりは薄暗くなった。時刻は七時半を回っている。おばあちゃんが心配しているだろう。わたしはナシャルに別れのあいさつをした。

「また明日ね、ナシャル」

立ち上がろうとすると、彼女がわたしのシャツの裾《すそ》をひっぱった。

「どうしたの？」

彼女はほほえみ、空を指さした。

夜空の暗幕にかざられた、ビーズのような夏の星がかがやいている。光害のないこの町には、生まれたままの姿の空があった。中でも、ひときわ光っている星がある。彼女は、その橙色の星を指していた。

見て。

きれいだね。

なんて星かな？

彼女の横顔は、そう言っているようだった。

「あれは、たぶん、アンタレス」

わたしはふたたび、切り株に腰かけて、彼女と同じように星空を見上げた。

「さそり座の星だよ。夏に、よく見えるんだ」

彼女は、うっとりと息をつく。

「ナシャル、星、好きなの？」

尋ねると、彼女はわたしに身を寄せて、右手でわたしの左手をにぎった。

「なに？」

彼女は空いている手で、ジーンズのポケットから、細長いものを出した。薄い桃色で、枝分かれしている。小さなサンゴのようだった。

「なあに、それ」

彼女はにこりとわらい、夜空をつつくように、数回、サンゴをふった。

線香花火のように、サンゴの先端から、ぱらぱらっ、と光の粒子がこぼれる。次の瞬間、ぽろん、と、夜空の暗幕から星がこぼれて、砂浜に落ちてきた。

「えっ」

それを皮切りに、ぽろん、ぽろんと、どんどん星が落ちてくる。それらの星はとても小さくて、まるで、かがやく金平糖が降ってくるようだった。

「わあっ……！」

赤、白、青、緑、黄。

砂浜はそのうち、色とりどりの星の輝きでいっぱいになった。カラフルな光に照らされて、暗い波が虹色に染まる。汽水域に、水彩絵の具を解いたような、やさしくまぶしい色彩があふれだす。

ナシャルの手の中で、夜空の底をつついたサンゴのステッキが、呼吸をするみたいに、淡く発光している。

夜空に、たくさんの切れこみが入った。

流れ星だ。

「すごい、すごい！」

わたしは、拍手をした。

「ナシャル、魔法使いなの？」

彼女は、得意げに胸を張る。

「人魚って、そんなこともできるんだ！」

わたしは、近くに落ちてきた星を拾った。いびつな形の星の中に、ホタルが閉じこめられているようだ。

彼女がサンゴをふるたび、夜空が表情を変える。金平糖の星は、絶えず砂浜に降っている。わたしはたまらず立ち上がり、両手を広げて、星の雨が注ぐ砂浜を歩いた。踊るように回って、心の底からわらって、飛び跳ねる。目の前に大きな星が落ちてきて、思わず、きゃあっ、と声を上げる。波打ち際まで行って、虹色の波を蹴《け》った。ザアッ、と、しぶきがはじけた。夢を見ているようだった。夢を見ていた。

やがて、ふっ、と、砂浜が闇を取り戻す。

目をとじて、息を吸って、吐いて、目を開ける。
これまでと同じ、アンタレスの光る、なにも変わらない夜空が広がっていた。
わたしとナシャルは、顔を見あわせる。
お互いの両手をとって、あははっ、とわらった。
叶《かな》いようのない恋の話をして、拾えるはずのない星を拾う。
この汽水域で、わたしは自由だった。

四・ポカリスエット

『このほねは　あのひとに　ぷれぜんとをあげたときのおもいで』

「プレゼント？」

『たんじょうびの』

「すてき。なにをあげたの？」

『ちょっき』

「ちょっき？　……あっ、ベストのことかな？」

『そうかも　てづくりした』

『ゆび　なんかいも、ちくちくしたけど』

『あのひと　すごくよろこんでくれたから　とってもうれしかったよ』

◇

わたしは、ナシャルと、彼女の大切なひととの思い出の話を聞くのが好きだ。

そこには、ともだち同士では決して蓄積できない、恋人たちのうつくしい時間がある。その話を聞くと、体がふわふわする。隠れて読んでいた少女漫画の世界が、彼女の思い出によって、実像を持つ。

そうしてわたしは、彼女をわたしに、彼女の大切なひとを生駒くんに置き換える。

彼女の思い出の中にいるふたりを、わたしと生駒くんの思い出として想像する。

すると、経験したことのない彼との時間が、わたしのものになる。幻想の中で、彼と花火を見たり、おさんぽをしたりできる。彼の肩に頭をあずけ、手をつなぎ、ほほえみあうことができる。

彼女の思い出が、わたしの思い出になるのだ。

だからこそわたしは、大切なひとをなくしてしまった彼女のかなしみに、どこまでも寄り添いたいと思う。彼女がどんな気持ちで骨を集めているのか、他人事《ひとごと》ではなく、当事者として、痛いほどにわかる……幼稚な自己投影だとわかっていても、それはどうしようもない本心だった。

そして。

そして、ひとつ、またひとつと架空の思い出が増えるたびに、わたしの中で、ゆきが大きくなってくる。生駒くんへの恋心が育つのと比例して、抑えこんでいたはずの本当の自分が、檻《おり》から出ようともがきだす。

いつも、ひたすら慎太郎の姿をしている鏡の中のわたしが、ちがうものに見える感覚がする。

なにか、泥のような、ねんどのような、ぐにょぐにょしたものとしか思い描けなかった、ゆきの姿。……それが、ぼうっと、慎太郎の輪郭に重なって見えてくる。

はっとするとき、そのまばたき一度ぶんのあいだに、鏡の前に、ゆきがいる。

慎太郎よりも華奢《きゃしゃ》で、背が低くて、胸があって。

すずしげな目をほそめ、うすいくちびるを上げ、しずかにほほえんで。

泥でも、ねんどでもない。

骨格を持って、しゃん、と立つゆきが、そこにいる。

ナシャルのためなのはもちろん、わたしはそのゆきに会いたいという気持ちで、骨探しをするようになっていた。

わたしにとって、ナシャルの大切なひとの骨は、ゆきの骨でもあった。

◇

七月中旬の土曜日。

午前十時から、野球部の第三回戦が行われた。

わたしはこの試合を、筒見さんに誘われて、球場で観戦することになった。

「自分の目で選手たちを見た方が、着想を得られると思うから」

彼女が言うのは、お守りのデザインのこと。

クラスメイトから集めた予算をあずかり、本格的に制作を始めようとしたとき、わたしたちはこのように話しあった。「せっかくの手作りなのだから、神社でもらえるようなものをつくっても味気ない」。そこから色々と議論を重ねた結果、選手ひとりひとりの姿をデフォルメしたお守りをつくることになったのだ。

「私、野球の試合を生で見るの、初めて」

「ぼくも」

片辺菜から、電車で一時間強の町にある球場。その一塁側のスタンドに、わたしたちは座った。満員にはほど遠いけれど、わたしたちのほかにも観客がいる。

「なんだか、こっちまで緊張するね」

「ああ」

審判が「集合」と言って、選手たちがグラウンドの中央へと駆ける。みんな同じユニフォームを着ていても、彼がどれなのかは、一目でわかる。壁に貼り出して販売される遠足の写真でも、そう。みんなが写っている写真の中で、彼がどこにいるのか、わたしはすぐに見つけることができる。

試合が始まり、彼がマウンドに立った。長い手足を振って、投球する。キャッチャーミットにボールが収まる音が、スタンドまで届く。

どきどきする。もし、たくさん打たれたら。こてんぱんにされてしまったら。彼のせいで、試合に負けてしまったら。そう思うと、祈らずにはいられない。

神様。勝てなくてもいいんです。

どうか、彼に責任のないようにしてください……。

試合は、二時間半ほどで終了した。

でも、ゲームセットの声が響くまで、わたしの体感では、三十分くらいだった。

九対一。片辺菜高校は、三回戦も大勝した。生駒くんは一点もとられずに六回までを投げきり、打っては三打点を上げていた。

「うちって、ほんとに強いんだね……！」

興奮に頬を赤くして、筒見さんがこぶしをにぎる。

「私、感動しちゃった。お守りづくりのモチベ、上がっちゃう！」

「ああ。ぼくもだよ」

相手校とのあいさつを終えた選手たちが一列に並び、わたしたちのいるスタンドに向かって、帽子をとって頭を下げた。

ふっ、と、彼と目があう。

わたしたちが来ていることに気づいた彼は、ヒマワリの花が開くようにわらって、こちらへ手をふった。

ゴムボールみたいに、こころが跳ねる。うれしくて、うれしくて、たまらなかった。小さく手をふり返すと、彼は笑顔のまま、大きくうなずいた。

来てよかった。そう思った。そのときまで。

「それじゃあ、帰ろっか」

筒見さんに言われて席を立つとき、ベンチの前で、彼が女子としゃべっているのが見えた。選手と同じ帽子をかぶった、ポニーテールの、制服姿の女子。野球部の、マネージャーだ。彼はハイタッチを要求して、彼女に手のひらを示した。ただ、手を上げているその位置が高い。

彼女は彼に応《こた》えようとするが、彼よりも身長が低く、その手に届かない。彼はあえて、彼女の届かないところに手を上げていた。

ぴょん、ぴょん、と、彼の手に自分の手を重ねようとして、彼女が跳ねる。彼はそれを、いじわるに避ける。数度、それをくりかえしてから、彼はかがんだ。彼女と目をあわせて、やっとハイタッチをし、楽しそうにわらいあった。

「どうしたの？　森下くん」

固まっているわたしの顔を、筒見さんがのぞきこむ。

「いや。なんでも」

わたしは、彼から目をそむけた。

「行こう」

わかっている。彼がわたしに向けた笑顔は、男ともだちに向ける笑顔だったということ。

「来てくれたのか」と言っていたあの目は、友情に感謝している目だったということ。わかっている。わかっていた。

それなのに、いちいち、こういうことで、ひとりで勝手に傷ついて。

ばかみたいだ。わかっている。それもわかっている。

それでも、どうしたって、想像してしまう。

彼とハイタッチをしたのが、わたしだったら。

男子と女子として、彼とわらいあえたら。

◇

球場を出、片辺菜に帰ってきたのは、午後二時を回る頃だった。駅を出ると、ロータリーの中心にあるクスノキから、鳴き慣れていない蝉の声が聞こえた。たどたどしい夏がそこにあった。

「デザインの案、スケッチしなきゃ」

「ありがとう、誘ってくれて。色々、見えてきたよ」

「森下くん、まだ時間ある？」

「あるよ」

「これから、会議しない？」

「いいよ」

　じゃあ、どこかてきとうな喫茶店に行こうか？

　と、東京の学生なら続けるだろう。しかし、この町には、そんなふうに気軽に入れる喫茶店もなければ、落ち着いて話ができるようなお店もない。

「どうしよう。学校に行く？」

「けど、私服だし」

　わたしたちは考えた。

　ややあって、筒見さんがぽつりと言う。

「あの。もし、森下くんがいやじゃなかったら、うちでやらない……？」

「いいの？」

「うん」

「いやじゃないよ。ありがたいさ」

　筒見さんはうれしそうにわらい、わたしを自宅へと案内した。

駅から歩いて、十五分。彼女の家は、商店街の裏手にあった（もちろん今日も、ほとんどのお店がシャッターを下ろしていた）。

「ただいま」

「おかえり」

筒見さんに応える声がして、廊下の先の部屋から、彼女のおかあさんが出てきた。おかあさんは、彼女のうしろにいるわたしを見て、「まっ」と、手のひらを口にあてる。

「クラスメイトの、森下くん。ほら、話したでしょ？」

「ああ、一緒にお守りをつくることになった」

「そう。これからそのことで、ちょっと打ち合わせする」

彼女は早口に言って、「おかあさんは、なにもしなくていいから」と、少し強めの口調で付け足した。

「そこが、私の部屋。お茶を淹《い》れてくるから、先に入っててね」

ぱたぱたと、彼女が廊下を駆けていく。

わたしは、彼女の部屋に入った。

きれいで、落ち着いた部屋だった。壁紙や家具の色調が、白と薄桃色でそろえられていて、棚や机にはぬいぐるみやマスコットが並んでいる。まさに、想像する『女子の部屋』だった。

わたしもこんな部屋に住めたら、と思いながら、床置きの小さな丸テーブルの前に正座する。

あんまりじろじろ観察するのも失礼なので、ひざにおいた手の甲をジッと見つめて、彼女を待った。

「おまたせ」

やがて、コップをのせたおぼんを持った彼女がやって来た。つめたいルイボスティでのどをうるおして、わたしたちはお守りのデザインについて話した。

「手のひらにのる、小さめのサイズがいいよね。それこそ、神社のお守りくらいの」

「ああ。あと、ユニフォームの番号以外にも、その選手の特徴を出したいな」

「顔を似せたり？」

「そう。どうかな」

「いいと思う。私、たくさん写真を撮ったから、資料はばっちり」

彼女はスマホを出し、画面をスワイプして見せた。すっ、すっ、と、数枚の画像が切り替わる。生駒くんが笑顔でこぶしを上げている一枚があった。これは、四回に、彼が連続三振をとったときの写真だ。

「あとで、森下くんにもまとめて送るね」

「えっ、ほんと！」

「えっ？　う、うん」

思わず大きな声が出て、彼女を驚かせてしまった。わたしはすぐに謝り、恥ずかしくてうつむいた。

「そうだ。森下くんのアカウントって……」

「あっ、そうだな」

わたしは自分のスマホを出して、彼女とアカウントを交換した。生まれて初めて、連絡先に、母以外の女性の名前が追加される。『筒見立夏《りっか》』。

「立夏って、いい名前だよね」

「ありがとう。私も、気に入ってる」

筒見さんは、ほんのりと頬を染めて、

「慎太郎も、いい名前だと思うよ」

わたしは、仮面をほほえみの表情に切り替えて、「ありがとう」と答えた。

それから三十分ほどかけて、デザインの大まかなスケッチをした。その設計図をもとにして、ひとまず、レギュラー九人分のお守りの完成を目指す。慣れている彼女が六人分、わたしは三人分を担当することになった。

「あのさ……。生駒くんのは、ぼくがつくっていい？」

「え？　うん、いいけど、どうして？」

「あ、えっと。彼にはさ、いつも世話になってるから」

「そっか。ふたり、仲いいもんね」

パッ、と、うれしくなって、

「そう見える？」

「うん、見えるよ」

「そっかあ」

わたしは、にやける顔を見られないよう、視線をさまよわせた。

そのとき、クローゼットの取っ手にかけられている、セーターが目についた。春、手芸屋さんで会ったときに彼女が着ていた、白い薄手のセーターだ。

「あのセーター、筒見さんがつくったんだよね」

「うん」

「改めて見ても、すごいな。丈も、編み込みも、完璧《かんぺき》で」

「ありがとう」

彼女はほほえんだ。

「森下くんも、ちょっとは手芸に興味あるんだよね」

「え？　ああ、まあ。ちょっとは」

「よかったら、つくりかた、教えよっか？」

「ほんと？」

「うん。お守りをつくり終えたら、一緒に編もうよ。初めてだと、たぶん半年くらいかかるから、今からとりかかれば、ちょうど冬ごろにでき上がると思うよ」

彼女は本棚から手芸の本をいくつか抜いて、テーブルに置いた。

「どんなのつくる？」

わたしはぱらぱらと本をめくって、「これはむずかしい？」「これはどう？」と、気になる図案をどんどん指さした。それに合わせて、彼女もたくさんしゃべる。

たのしかった。わたしがわらうと、彼女もわらった。

◇

筒見さんの家を出たあと、わたしはその足でいつものルートをたどり、砂浜へ向かった。陽はすっかり傾いて、姿を稜線に隠しつつある。オレンジのシャーベットが溶けていくみたいに、橙《だいだい》色の光が、空と山々へ染み出ていた。

そのまま帰ってもよかったけれど、妙にうきうきして、ナシャルに会いたい。そうだ。いいことがあると、わたしはいつもナシャルに会いたくなる。「こんなことがあったよ」って、ナシャルに一番に話したくて。すてきなものをわけあって、ふたりで一緒にほほえみたくて。

砂浜に着き、ナシャルを捜す。いつもの堤防には、いない。代わりに、たくさんの海鳥が並んで、羽を休めていた。

　ここ最近、海鳥が多い。あれがウミネコだと知っているのは、ナシャルのおかげ。初めて見たとき、わたしはナシャルに「カモメだ」と言った。そうしたらナシャルは首を左右にふって、『うみねこだよ』と教えてくれたのだ。

『なつに　いるのは　うみねこ』

『かもめは　ふゆに　くるよ』

　なにか、ウミネコたちが気に入るようなものが、この砂浜にあるのだろうか？

　その理由をぼんやり考えながら歩いていると、ほどなくナシャルを見つけた。

　彼女は、堤防の下にしゃがみこんで、猫と遊んでいた。にこにこしながら、わたしが上げたカニのマスコットを猫に見せて、まるで「いいでしょう？」というように、左右にゆらしている。猫が前足を伸ばしてくると、カニのはさみを持って、握手をするみたいにした。

「ナシャル」

　わたしが呼ぶと、彼女は、あっ、と気づいた表情をして、より一層、にこにこした。その顔に、わたしまで、にこにこしてしまう。わたしが来たことをよろこんでくれることが、うれしい。彼女に会うと、いつもすぐに胸があたたまって、気持ちがやすらぐ。

「おともだち？」

　わたしが訊《き》くと、彼女はうなずき、かたわらに置いていたボードをとった。

『さびねこの　かんたくん』

「かんたくん。よろしくね」

わたしが頭をなでると、かんたくんはゴロゴロとのどを鳴らした。

「首輪をしていないね」

『のら』

「じゃあ、ナシャルが名前をつけたの？」

ナシャルは首を左右にふり、

『なのってくれたよ』

「かんたくんが？　自分から？」

ナシャルはうなずく。

「ナシャル、動物とお話できるの？」

少し考えてから、ナシャルはボードにペンをはしらせる。

『わたしは　しゃべれないけど』

『こえは　きこえるよ』

そのとき、わたしを見上げていたかんたくんが、二声、続けて鳴いた。

『さっきまで　ねてたのに』

『もう　ねむいの　なんで？』

『って　いってるよ』

「すごい！」

わたしは、ナシャルの手をにぎる。

「いいなあ、ナシャル！　人魚って、ほんとに、すごい！」

ナシャルはほほえみ、ほんのりと顔を赤らめた。

それからわたしは、東屋《あずまや》で、今日の出来事をナシャルに聞いてもらった。夢中で、たくさん、おしゃべりをする。ナシャルはやさしい顔をして、わたしの話に耳をかたむけてくれる。初めは一緒に話を聞いていてくれていたふうだったかんたくんは、そのうち、ナシャルのひざの上で、すうすうと眠っていた。

いよいよあたりが暗くなってきて、帰らなくてはならない時間が来た。

でも、もっと、ナシャルといたい。なかなか、東屋を離れられない。

そうやって、わたしがいつまでも名残惜しそうにしていると、ナシャルは、ペンをはしらせて、

『また　あしたね』

ボードを見せて、ほほえんだ。

ぱあっ、と、うれしくなる。

また明日。明日になれば、また会える。

「うん、うん。また明日、また明日ね」

ふふふ、と、わたしはわらう。

ナシャルはほほえんだまま、小さく首をかしげた。

◇

町の上空に、完全体の夏が来た。

例年ならなんとも思わない季節のうつろいが、今年は憂鬱《ゆううつ》だった。

夏が来たということは、海開きがあるということ。すなわち、これまで邪魔するひとのいなかったわたしとナシャルの砂浜に、海水浴客が訪れるようになるのだ。

この砂浜にひとが増すと、わたしたちには不都合がある。

まず、落ち着いておしゃべりができない。次に、ひとの間を縫わないといけなくなるので、骨を探すのに苦労する。そして、以前にナシャルが言っていた通り、「大切なひと」の骨を、きれいな流木だと勘違いされて、先に誰かに拾われてしまうかもしれない。

ただ、いくら文句を言っても、こればかりは避けようがない。わたしは重たい気持ちで、そのときを覚悟した。

けれど、どうもおかしい。

七月中旬になっても、砂浜に、ひとの姿がないのだ。

「去年のこの時期は、海水浴客がいたんだよね？」

夕方の堤防でナシャルにそう訊くと、彼女はうなずいた。

「どういうことだろう。今年は、海開きが遅れてるのかな？」

彼女は、しずかにほほえんだ。そしてそれ以上、なにも言わない。

「……まあ、ひとがいないならいないで、いいよね」

もう数日もすれば、砂浜はひとでいっぱいになるだろう。必ず来る未来に気を揉《も》むより、それまでの猶予をたのしむべきだ。

いつものように、わたしたちは骨を探し、おやつを食べ、おしゃべりをする。いつものように日が暮れて、いつものようにほほえみを交わし、いつものルートで帰路につく。

家に帰り、洗面所で手を洗っていると、おばあちゃんに声をかけられた。

「おかえり。さっき、慎くんに電話があったよ」

聞けば、頼んでいた本が到着したという、図書館からの電話だった。

そうだ。『にんぎょなの』とナシャルに告白された翌日、わたしは図書館へ行って、人魚に関する本を借りようとした。改めて、人魚のことを知ろうと思ったのだ。

図書館には、子ども向け絵本の『人魚姫』はあったけれど、その話はよく知っている。もっと、人魚の詳細に迫るような本がほしかった。だから、ほかの図書館から取り寄せのリクエストをしていたのだ。書店で注文しなかったのは、おこづかいを節約したかったから。お金は、ナシャルと一緒に食べるおやつや、彼女の生活品のために使いたい。

翌日の放課後、わたしは砂浜のナシャルと早めに別れ、帰路に図書館へ寄って、依頼していた本を借りた。読みやすいようにアレンジされた『人魚姫』ではなく、その原作である、アンデルセン童話集の『人魚姫』だ。

ナシャルは、「海の魔女に頼んで、声とひきかえに人間になった」と言った。それは、アニメでも、絵本でも同じだ。

でも、「人魚が骨を探す」というのは、聞いたことがない。

きっと、そういう設定が、原作にはあるのだろう。そして、もし原作にその設定があったなら、「人魚の骨探し」の結末もわかるかもしれない。

夕飯とお風呂《ふろ》をすませ、部屋に戻る。クーラーをつけると、涼しい風がカーテンをゆらした。窓を閉めていても、蝉と蛙の声が聞こえる。

わたしは机につき、こころの準備をして、『人魚姫』を読んだ。

すぐに読み終わるだろうと思っていた。実際、二時間ほどで読み終わった。そのあとは、夜に少しずつ進めていた、野球部のお守りづくりをするはずだった。

でも、わたしは、閉じた本を前に、動けずにいた。

アニメや絵本の人魚姫は、王子と結ばれ、幸せな結末を迎えていた。

しかし、原作の『人魚姫』は違う。

彼女は、王子と結ばれない。王子の命と自分の命を天秤《てんびん》にかけたすえ、みずから海に身を投げる。

王子からの愛を受けられなかった人魚は、そのまま、泡になった。

人魚が人間でいられるのは、大切なひとから、愛を注がれている間だけなのだ。

これまで、明るく、たのしい物語だと思っていた『人魚姫』は、誰かがメッキをほどこしたものだった。このお話の本当の部分は、かなしい愛と、苦しいやさしさに満ちていた。

ナシャルの姿を思い描く。

絵本と、童話集。

彼女は、どちらの人魚なのだろうか。

『人魚姫』の原作に、「骨拾い」の描写はなかった。つまり、あれはナシャルが、話をなぞらず、自分の意思でやっていることなのだろう。

丸窓を開けて、夜空を見上げる。

とりまきの星のまんなかで、半月がかがやいている。

わたしは月を見つめて、どうか彼女が絵本の人魚であってほしい、と願った。

それからずっとぼんやりしてしまい、なにもしないまま、ねむってしまった。

◇

朝になって、一日に色がつく。

遅れをとり戻すため、わたしは学校でもお守りづくりをすることにした。休み時間と放課後を使って、筒見さんの助言をうけながら進めようと思った。

けれどその日、筒見さんは欠席だった。先生の話によると、風邪をひいてしまったらしい。ホームルームのあとに「大丈夫？」とメッセージを送ると、すぐに彼女から『大丈夫だよ』と返事がきた。

『ちょっと、夜更かししすぎちゃった』

「お守りづくり？」

『うん。凝りだしたら、止まらなくなっちゃって』

「今日は、針をさわっちゃだめだ。安静に」

『わかった。心配してくれてありがとう』

おばあちゃんと筒見さんにノウハウを習ったことにして、わたしは、ひとりで作業にはげんだ。デザイン図をもとに、パーツごとにフェルトを切り、縫いあわせていく。黙々とやっていると、クラスメイトたちがねぎらいの声をかけてくれる。みんなの前で堂々と手芸をできるのが、なんだかくすぐったかった。

放課後も教室に残り、夢中になってやっていると、背後から肩をたたかれた。

「おつかれ、森下」

生駒くんだ。

「それ、今日、ずっとやってんな」

「うん」

「汗、すご」

「え？」と言って、はっとする。

放課後になると、教室のクーラーが切れる。徐々に温度が上がっていた室内で、わたしは全身に、たくさんの汗をかいていた。没頭していたので、気づかなかった。

あわてて、ハンカチで額をぬぐう。

彼はそんなわたしを見て、苦わらいをうかべる。

「なあ。ちょっと息抜きに、外、行かん？」

とつぜんの誘いに、わたしはドキッとした。

「あ、でも。生駒くん、部活は？」

「あとで行くよ」

「あとで、でいいのか？」

「監督が、今日のおまえは休息日だ、って。でも、見学くらいはできるよな。だから、あとでていいとよ」

教室の出入り口に立って、彼が急《せ》かすように手招きする。

わたしは急いで席を離れ、彼のあとに続いた。

◇

購買部でパンと飲みものを買ってから、わたしたちは中庭のベンチに座った。

すぐうしろにあるさくらの木が、まだらな木漏れ日をベンチに落としている。夕方になっても、蝉しぐれはやまない。南風が吹き、青い葉がサアッと音を立てた。

「暑いなあ」

牛乳パックにストローを突きたてながら、生駒くんが言う。

「なんか、お礼言うタイミングがなかったけどよ。こないだ、試合見に来てくれて、ありがとな」

わたしはうなずき、ペットボトルのポカリスエットのキャップを開けた。なにを言うべきかわからなくて、ごまかすように口をつける。甘くてしょっぱい飲みものが、どきどきする胸に沁《し》みる。熱かったからだが、内側から、すーっと冷やされていく。

「応援だけじゃなくて、お守りもよ。あんな熱心にやってくれて、ありがたいわ」

「お礼を言われることなんて。ぼくがやりたいだけだからさ」

「そうか。森下って、ほんとやさしいな」

彼はニカッとわらって、たまごサンドをかじる。わたしは胸がぎゅっとして、両ひざのうえにのせたこぶしから視線を動かせない。返事をしなければと思い、しぼり出すようにつぶやく。

「生駒くんのほうが、やさしいと思う」

「俺？　どこが？」

「……ぜんぶ」

「ぜんぶ？」

彼は、ハハハとわらう。

「ずいぶん俺を買ってくれちょっちゃね」

「ちがうよ。ほんとのことさ」

わたしは、うつむいたままでいる。

「ぼくはいつも、どうしたら生駒くんみたいになれるんだろう、って考えてる。やさしくて、ありのままで、気取ってなくて、かっこよくて……」

彼が、無言で足を組む。

そのとき、午後五時を知らせるチャイムが鳴った。

「……俺さあ」

チャイムの余韻が消えかけて、彼が小さく口を開く。

「俺さあ。親父がきらいなつよね」

わたしは、ふっ、と彼の顔を見た。

彼は苦々しくほほえんで、ベンチの先にあるサルビアの花壇を見つめていた。

「俺の親父、保険の営業マンで。仕事が染みついちょっとかな、いつも、すごくヘコヘコしてる」

わたしは黙って、彼の言葉に耳をかたむける。

「でも、酒を飲んだら、豹変《ひょうへん》する。暴力的になって、母さんを殴るとよ。すごく汚い言葉も使う。……それなのに、酒が抜けたら、自分のやったことを後悔して、必死にあやまってくる」

「……」

「タガが外れたら、いつも隠している自分が顔を出すんやろね。いや、酒の力を借りて、わざとやっちょっとかもしれん。ほんとは醒《さ》めてるのに、酒のせいにして、ここぞとばかりに自分を解放してんのかも」

しゃべるにつれて、彼の声が、小さく、つぶやくようになっていく。

「いずれにせよ、あいつは、許せない。ひどいことをして、誰かを……女性を泣かせるような男は、最低中の最低だ」

それは、わたしに話しているのではなく、まるで自分に言い聞かせているようだった。

「……俺は、あんな卑怯《ひきょう》な人間になりたくない。いつも、自分を押しこめずに生きていたい。がまんが爆発したからって、誰かに暴力をふるいたくない。……俺だけは、母さんに、やさしくしたい」

ここまで言って、恥ずかしくなったのか、彼は声色を明るくした。

「つまり、なにが言いたいのかというとだな。親父みたいになりたくない、って思いながら過ごしてたら、こういう感じになったたってわけよ」

「わた、」

無意識に、声が漏れる。

はずれかけていた仮面をあわててつけて、

「ぼくも、おと、親父がきらい」

「え?」

「きらい。きらいなんだ」

彼は、じいっとわたしの顔を見つめる。

わたしはそれ以上、なにも言えない。

彼は、ははっ、とわらった。

「じゃ、俺たち、一緒だな」

すっ、と、彼は手のひらを上げた。

ハイタッチ。

わたしも、手のひらを上げる。彼はうれしそうに、ぱち、と、軽めに自分の手をあわせた。

「よし。今ここに、親父ぎらい同盟の成立だ」

「なにそれ」思わずふき出す。「へんなの」

「この成立を記念して、アカウントを交換しよう」

彼は、残りのたまごサンドを口に詰めこんで、ポケットからスマホをとり出した。「ほら」と言って、わたしをうながす。

「てか、なんで今まで交換してなかったっちゃろ。こーんなに仲良しなのに！」

どこか芝居がかったように、彼はわらう。わたしはうれしさで飛び上がりそうになるのをなんとかこらえ、冷静をよそおって、彼とアカウントを交換した。

「うん、ばっちり」

彼は満足そうにうなずき、ベンチを立った。

「じゃ、そろそろ行くわ。付きあってくれてありがとな」

「こちらこそ」

彼が、すたすたと歩んでいく。

ふとふり返って、

「さっきの話、内緒な」

「ああ。秘密にするよ」

「たのむ。森下にしか言ってないっちゃかい、漏らしたらすぐにわかるぞお」

強い風が吹き、ザアッ、と、葉の擦れる音がした。

彼の背中が見えなくなるまで、わたしはベンチに座っていた。

ポカリを飲んで、深く息をつく。

わたししか知らない、彼の秘密。そして、アカウント。

わたしは今、ふいに、ふたつも宝物を得てしまった。今日は、なんていい日なんだろう。

うれしさが、吐息のようなわらい声になってこぼれる。

早く、彼にお守りを渡したい。あと少し、残って作業をしようと決めた。

◇

六時を回り、わたしは作業を切り上げて、商店街近くのスーパーへ向かった。

ちょっと高いプリンと、小さいペットボトルのポカリを買って、筒見さんの家に行く。

インターホンを鳴らすと、彼女のおかあさんが出てきた。「上がっていって」とさそわれたのをていねいに断り、玄関先でお見舞いの品を渡して、いつものルートで砂浜へと急いだ。

今日もまた、浜にはひとの姿がなかった。

夕陽を浴びる堤防に、ナシャルが座っている。声をかけてとなりに座ると、彼女はにこりとほほえんだ。手のひらに、チェスの駒くらいの大きさの骨をのせていた。

「もしかして、新しい骨、見つけたの？」

わたしが訊くと、彼女は首を左右にふった。なら、すでに持っていたものだ。

「それは、どんな思い出を見せてくれる骨？」

質問をうけた彼女は、じっと骨を見つめる。

やがて、わたしに視線を転じ、ふっとわらう。その笑顔は、まるで拾われた子犬が母親を想うときのように、とてもさびしそうにみえた。それから、彼女はペンをとることもなく、黙っていた。

夕空に、ミャアミャアと、ウミネコたちが飛んでいる。

「……なにか、あった？」

彼女はほほえんだまま、首を左右にふる。

灰色の瞳《ひとみ》にあたたかい光をともして、わたしの顔を見る。

「どうしたの？」

わたしは視線がくすぐったくて、苦くわらう。

彼女はようやくペンを握り、ボードに文字を書いた。

『ゆきは　やさしい』

「なに？　急に」

『ゆきは　わたしの　ともだち』

「え？　うん。ナシャルと、わたしは、ともだち」

『だいじな　だいじな　ともだち』

「うん。大事な、大事な、ともだちだよ」

わたしが言うと、ナシャルは、にっこりとわらって、口をぱくぱくさせた。

ありがとう、と言っていた。

◇

季節は、夏の円をなぞる。七月下旬の日差しは、痛いほどに熱い。熱気のうずまく空には蝉の大合唱が響きわたり、雲はいよいよ、針でつつけばパアンとはじけてしまいそうなくらいにふくれ上がった。

野球部は、見事に決勝戦まで勝ち進んでいた。しかも、ここまで危なげなく大勝を続けている。この勢いをうけ、校内だけでなく町中に、もう甲子園出場が決まったかのような、お祭りの前みたいな雰囲気がただよっていた。

「できた！」

昼休みの教室、最後のお守りの縫製を終えて、わたしと筒見さんは小さく拍手をした。

机上にずらりと、レギュラー九人分のお守りが並ぶ。短い制作期間だったけれど、なんとか決勝戦に間にあったのだ。ひとりひとり顔と体格のちがう、渾身《こんしん》のお守りだ。

「ありがとう、筒見さん。おかげで、すごくいいのができたよ」

「ううん。私の方こそ、ありがとう。とても楽しかった」

「筒見さんがいろいろ教えてくれなかったら、きっと完成させられなかった」

「いえいえ。こちらこそ、森下くんがお見舞いに来てくれなかったら、今ごろへばっていましたよ」

彼女は、くすりとする。

「森下くんが来てくれたときね。私、ちょうど熱が上がっちゃって、うんうんうなってて」

「そうだったのか」

「うん。そのときにね、森下くんがくれたポカリを飲んだの。……ほんとに、ほんとに、おいしかった。すーって体に染みこんで、まるで天国の飲みものみたいな味がして」

「そんな、おおげさな」

「ほんとだよ。あんなにおいしいポカリ、初めてだった」

「そんなによろこんでくれたなら、見舞った甲斐《かい》があったってものだ」

わたしが両手を広げて喋々《ちょうちょう》しく言うと、彼女はわらった。

◇

そうしてお守りを野球部に届けた、翌々日。

とうとう、決勝戦のときがきた。

平日だけれど、野球部は授業免除で、朝から球場におもむいている。先生もふくめ、学校に残ったわたしたちは、ことあるごとに時計をながめ、気もそぞろに試合の結果を待った。

「今日の試合、テレビで中継があるっちゃろ？」

「すごいよねえ。ローカルとはいえ、知ってるひとたちがテレビに映るなんて」

クラスメイトの声が聞こえてくる。もちろん、わたしはしっかりと、録画の予約をしてきた。

やがて、試合の終了時刻予定である、昼休みになった。

みんながお弁当を広げだしたとき、ひとりのクラスメイトが教室に飛びこんできた。つい数分前、「スマホで見られる情報より早く知れるから、職員室に結果を聞きに行ってくる」

と言っていた男子だ。

食事どきの喧噪《けんそう》が、またたく間に消えた。

教室中が、彼に注目する。

彼は、息を整えた。

「野球部」とつぶやく。

こぶしをにぎりしめ、眉根《まゆね》を寄せ、肩を落として、言った。

「……負けた……」

◇

校内の空気とは無関係に、よく晴れた夕方。

事情を説明し、わたしはナシャルと早めに別れた。

家に帰り、いつもはすぐに着替える制服のままで、居間のテレビをつける。立った状態で、録画していた野球部の試合を見た。

マウンドに立つ生駒くんが、大汗をかき、必死な顔をして投げている。〇対〇のまま、拮《きっ》抗《こう》した試合が続く。

でも、七回。

堰《せき》を切ったように相手の打線が爆発し、彼は大量に点をとられた。どこに投げても、打たれてしまう。まるでサンドバッグのようだった。

それでも彼は、交代を告げられるまで、マウンドの上で毅然《きぜん》としていた。

結局、そのまま一点も返すことができず、最後のアウトをとられた。相手の投手が飛び上がってガッツポーズをし、駆けてきたキャッチャーがそれを抱きしめる。ドッ、とベンチから相手校の選手たちが走って来て、みんなで人さし指を立て、空へ突き上げた。テレビ越しにも、観客たちの歓声が、地響きのように聞こえた。

泥だらけになった選手たちが整列する。

片辺菜高校の生徒は、みんな、泣いていた。

——彼を、のぞいて。

彼は、泣いていなかった。白い歯を見せてわらい、泣いているチームメイトたちの背をたたき、頭をぐりぐりとなでていた。なにか、声をかけている。明るくふるまっていた。

わたしはひたすら、そんな彼を見つめていた。

表彰式が終わり、首から銀メダルをさげた片辺菜の選手たちがベンチに引き上げる。

最後に、一瞬だけ、荷物をまとめている彼の姿が映った。

大きなスポーツバッグの鐶《かん》で、わたしのつくったお守りがゆれていた。

◇

夢や期待がついえたあとの日常はつらい。

翌日の校内は、すっかり火が消えたようになって、快晴の空とは裏腹に、どんよりしていた。

健闘した野球部員たちに、みんなは「立派だった」と声をかけた。「あそこまでいけたなんて、たいしたものだよ」と。しかし逆に言うと、それ以外にかける言葉がないようでもあった。

「いやあ、あとちょっとだったんだけどなあ」

それでも生駒くんは、明るかった。「俺が打たれなければ！」と、冗談めいて言い、なんとかみんなの気分を盛り上げようとする。そのやさしさに甘えて、男子たちは調子づく。「そうだよ、生駒のせいだ！」と、わらいながら言った。

放課後、砂浜に行く前に、なんとなく、中庭でポカリを飲みたくなった。

ベンチに座り、風に吹かれる。夕陽の染みた入道雲をぼんやり見つめていると、どん、と、となりに腰かけるひとがいた。生駒くんだ。

彼も、ペットボトルのポカリを持っていた。キャップを開け、なにも言わないままあおり、ぐびぐびと喉《のど》を鳴らす。一息で半分くらいまで飲んで、豪快にげっぷをした。

「あーあ」

彼は広げた両うでを背もたれにあずけて、天をあおいだ。

「負けちまったわ」

「そうだね」

わたしがうなずくと、彼はポケットをまさぐり、お守りを出した。

「こんなにいいものまでつくってもらったのにな」

「バッグにつけてくれてたね」

「なんで知っちょっと？」

「テレビで見た」

「あ、映ってたのか」

彼は苦くわらった。

それから、少し間をおいて、

「決勝な。母さんも、見にきてたつよ」

「うん」

「親父に内緒で、パート休んで。わざわざ遠いところまで」

「うん」

「負けちまったわ」

「うん」

「俺のせいだなあ。俺のせいだ」

「生駒くんを責めるひとなんて、いないさ」

ふ、と、肺の浅いところから、彼が息をはく。わたしは、雲を見ていた。彼が、洟《はな》をすする。「こんなに、いいものまでつくってもらったのにな」と言う。それから「母さんが、見にきてたつよ」と震える声を漏らして、彼は泣いた。

嗚咽《おえつ》を漏らす彼に、わたしは、なにもしない。

しないんじゃない。

できない。

本当は、抱きしめたかった。できっこない。だからといって、背をなでる、肩を組む――なんの他意もなく、ただ友人を励ますために、「男子」ならあたり前にできそうなことも、わたしには不可能だった。

彼の前では、わたしは永遠に、慎太郎だ。

もし、ここで彼を抱きしめたら、それこそ彼に対する裏切りになるだろう。わたしを男ともだちとしてみているからこそ、彼はわたしの前で泣いていてくれている。彼はわたしを、「慎太郎」として信頼してくれている。その信頼につけこんで、彼に触れるだなんて、できなかった。

ひとしきり泣いたあと、彼はティッシュで豪快に洟をかんだ。真っ赤な目をして、「ああ、くそ」とつぶやき、袖《そで》でごしごしと目元をぬぐう。

「がまんしてたのによ。結局、泣いちまったよ」

「うん」

「内緒な、これも」

「うん」

彼は、うーんと伸びをする。お守りをぎゅっとにぎりしめ、

「森下。来年は絶対、これ持って甲子園に行くかいよ。で、全国制覇する」

「うん」

「でよ。そのあとは、プロになる。そんで、金稼いで、母さんを親父と離婚させて、母さんに楽させる」

「ああ。できるよ、生駒くんなら」

ハハハ、と彼はわらう。

「簡単に言うな」

「ほんとにそう思ってるんだ」

「俺の人生設計をわらわずに聞いてくれるっちゃね」

「わらうわけないさ」

「やっぱりおまえはやさしいわ」

彼はわらいながらうなずいて、

「森下は、なにになると？」

「え？」

持っていたペットボトルの水滴が、ぽた、と、手の甲に落ちる。

「進路。卒業したら、なにしたいとか、なにになりたいとか、あると？」

急な質問に、わたしは返答できなかった。

無言を答えと受けとったのだろう、彼もまた無言だった。

答えられなくて、申し訳なく思う。しかし、彼がそういうことを訊いてくるのが、うれしくもあった。彼は、こころを許した相手にしか、踏みこんだことを尋ねない。

わたしは彼にとって、もう、そういう存在になっているのだ。

◇

ナシャルと骨を探すようになって、四ヶ月が経とうとしていた。

その夕方、とてもすてきなことがあった。

なんと、新しい骨を見つけたのだ。

「ナシャル、これは……？」

たて笛くらい大きなその骨は、汽水域から少し離れたところにあった。夕陽の橙にも負けない白さが、あきらかにほかの流木とちがっていた。

わたしが骨をわたすと、彼女は、ぴょん、と飛び上がった。骨を抱いて、口をぱくぱくさせ、「ありがとう」と言う。そうして、こちらが恐縮するくらい、何度も頭を下げた。

「ね。お礼はいいから、早速、見てみようよ」

もしかしたら、彼女が求めている思い出をみせてくれる骨かもしれない。

堤防に腰かけて、彼女は深呼吸をする。緊張しているようだ。

目を閉じ、ゆっくりと、骨を頬にあてる。

彼女はそのままの姿勢で、しばらく固まっていた。

わたしはどきどきしながら、彼女の反応を待った。

風が吹き、彼女の髪をゆらす。やがて、彼女は目を開け、ほほえんだ。わたしを見て、しずかに首を左右にふった。

「そう……」

彼女が、ボードにペンをはしらせる。

『いっしょに　なのはなを　みにいったときの　おもいでだった』

「そっか」

『おちこまないで』

『わたし　うれしいよ』

『またひとつ　あのひととの　おもいでがみられたから』

『ありがとう、ゆき』

「うん、うん」

　わたしは、彼女に寄り添った。

「これからも、探そうね。今度はきっと、お目当てのものが見つかるよ」

　すると、彼女はどこか、かなしそうな顔をした。

「……どうしたの？」

　わたしは彼女の顔をのぞきこんだ。彼女は、すぐに首を左右にふる。

　彼女は前にも、わずかに暗い表情をしたことがあった。そのときは、さびしそうな顔だった。

「なにかあったなら、言って」

　踏みこんだことを尋ねたかった。わたしにとって彼女は、もう、そういう存在になっているから。

　しかし彼女は、ありがとう、と、声なき声で言うばかりだった。気後れしているような……うまくわらおうとしているのに、できない……そんな顔をして。

◇

ナシャルの表情について考えながら帰路をたどっていたから、うしろから何度も声をかけられているのに気づかなかった。

とん、と肩をたたかれ、わたしはようやくふり返る。ナンキンハゼの並木道を過ぎ、家に続く路地にさしかかったところだ。

「慎太郎くん」

郵便配達のおじさんが、小包を持って立っていた。彼の後方には、原付バイクが止められている。

「ちょうどよかった。お届けものだよ」

「ありがとうございます」

「最近、遅くまでおさんぽしてると?」

わたしに小包を受け渡しながら、おじさんが尋ねる。

「この時間くらいに配達してると、きみが歩いているのをよく見かけるとよ」

「はい。海に行ってるんです」

「海？」

おじさんは驚いた顔をし、

「入れるとね？」

「え？」

わたしはその言葉の意味を少し考えて、

「あ、いいえ。泳ぎはしてないんです」

「いやいや、そうじゃなくて。看板、出てなかったね？」

「看板？」

「うん。ほら、立ち入り禁止です、っていう」

「え？」

「前に通りかかったときには、もう出てたような気がするけどなあ。見間違いじゃろか？」

背すじがつめたくなる。胸が高鳴り始めた。

「……なんで、立ち入り禁止なんですか？」

「工事するかいよ。十二月からじゃったかな」

おじさんは、あごに手をあてて言った。

「あそこの砂浜は海抜が低くて、津波がきたら町がひとたまりもないとよね。だから、埋め立てられて、防波堤がつくられるとよ」

◇

小包を玄関の上がりがまちに置いて、わたしはふたたび家を出た。

薄闇の中、海へ向かう歩調が自然に早まっていく。日が暮れているのに、いまだ蝉の声が激しい。暑さもゆるまず、たちまち汗がにじむ。

ナンキンハゼの並木道を抜け、川沿いの遊歩道を行き、国道を渡って、堤防へ下り、橋《きょう》梁《りょう》をくぐり、汽水域へ出る――。

いつもなぞっているこの道のりは、海へのただしいルートではない。町の地図を見て、知っていた。本当は、駅の脇道から防砂林を抜けて砂浜へと続く、整備された道がある。しかしわたしは、この裏道しか使ったことがなかったのだ。

夏だというのに、浜に人影がない理由が、ようやくわかる。

遅れているのではなく、今年はそもそも、海開きがない。

ひとのまばらな駅前を過ぎ、防砂林への道まで来ると、すぐに『立ち入り禁止』と書かれたバリケードと、大きな看板が目に入った。

『ご迷惑をおかけします

海岸の埋立工事を行います
令和〇年十二月一日～令和〇年四月三十日まで　時間帯　八時～十五時』

看板のとなりには、埋め立て予定となっている砂浜の航空写真があった。

土砂埋立、と赤い範囲で示されている部分に、汽水域も入っていた。

蝉の声が遠くなる。

わたしは、看板の前で立ちつくした。

五・深呼吸

八月に入り、夏休みが始まった。

午前中は宿題を進め、昼食を食べたら家を出る。日傘をさしたいけれど、道中で同級生に会ったらいけない。せめてもの抵抗をと、日焼け止めをしっかりと塗りこんでいる。途中のスーパーでお菓子や飲み物を買って、いつものルートで砂浜へ。

すると、汽水域に足をひたしたナシャルがいる。彼女はわたしがあげた麦わら帽子をかぶり、まっしろなTシャツと、ひざまでのパンツ姿で、じっとしている。夏の日差しを浴びているのに、ちっとも暑そうじゃない。わたしに気づくと、うれしそうに水から足を出して、近寄ってくる。

「こんにちは、ナシャル」

こんにちは、ゆき。

ボードに字を書かなくても、彼女の口の動きで、なにを伝えたいのかがわかるようになってきた。

「今日も暑いから、休み休み、探そうね」

うん。ありがとう。

海は、濃い青でゆれている。見えるものだけでなく、ただよう空気や風すらも、太陽が炒《い》っている。波音に混ざって、砂浜の焼かれる「じりじり」という音が聞こえるようだった。

右から左へくまなく歩いて、わたしたちは骨を探す。陸地側にある東屋《あずまや》で涼をとって、おしゃべりをして、また探す。それは、これまでと変わらない日常だ。

「はあ、暑い」

東屋のテーブルをはさんで、向かいあって座る。凍らせてきたポカリのペットボトルを渡すと、彼女はそれを額にあてて、心地よさそうに顔をしかめた。

「ナシャル、具合は悪くない？　熱中症とか、大丈夫？」

へいきだよ。

ゆきは？

「大丈夫。からだ、頑丈なの」

わたしが胸をたたいてみせると、彼女はわらった。

ただ、そうして彼女とわらいあいながらも、胸にちくりとする罪悪感がある。

その事実を知って、一週間が経つ。

なのに、わたしはまだ、この砂浜が埋め立てられることを、彼女に言い出せていない。

彼女は骨のために、おそらく一日中、砂浜にいる。だからきっと、あの看板は見ていない。

彼女は、この砂浜がなくなってしまうことを知らないのだ。

……この砂浜がなくなったら、彼女はどうするのだろう。

「ナシャル――」

おりにふれ、伝えようとする。けれどいつも、すんでのところで、どうしても、のどが凍る。そして、ちがう話題へと逃げてしまう。彼女の傷つく顔を、見たくなかった。

うち明けられないまま、骨を探して、夏が進む。

◇

わたしは骨を探す一方で、筒見さんと約束していた、セーターづくりにもはげんでいた。

「慎太郎」のわたしが手芸をしているだなんて知れたら、みんなギョッとするだろう。

でも、わたしには、お守りづくりという実績がある。

お守りをつくっているうちに、手芸の魅力を知って、新しいものに挑戦したくなった……

これなら筋道が通っていて、「慎太郎」がそうしても不自然ではない。この大義名分を活《い》かさない手はないだろう。だからわたしは、勇気と自信をもって、手編みのセーターに挑戦することにした。

「これ一色だけ。どうかな」

「きれいな色。いいと思うよ」

手芸屋さんでミルク色の毛糸をとって見せると、筒見さんはうなずいた。

編み込みの入ったセーター。

でき上がった服を着て、にっこりとわらう彼の姿を想像すると、わくわくする。

それはきっと、ナシャルの手作りのちょっきをもらったときの、彼女の大切なひとの笑顔と、おなじもの。

そう。わたしは完成品を、誕生日のサプライズプレゼントとして、生駒くんに贈ろうと考えていたのだ。

「じゃあ私は、このグレーの毛糸を買おうっと」

「筒見さんも、なにかつくるの?」

「うん。手袋。私のお家で進めよっか」

「迷惑じゃない?」

「全然。おかあさんも、森下くんに、またいつでもおいで、って言ってたよ」

「なんだか、申し訳ないなあ」

お言葉に甘えて、わたしは筒見さんのお家で作業を進めた。そうして彼女に手ほどきを受けながら、少しずつ、セーターを形にしていった。

「夏休みが明けたら、進路調査があるよね」

あるとき、かぎ針で毛糸を編みながら、筒見さんが言った。

「森下くんは、大学進学？」

「どうだろう」

わたしは、棒針を動かす手を止めずに答える。

「まだ、わかんないや」

「そうなんだ。森下くん、頭いいから、いい大学に行くんだと思ってた」

「筒見さんは、どうするの？」

ごまかすためにわたしが問うと、彼女は恥ずかしそうに、少しだけうつむいた。

「……私、なりたいものがあって」

「なに？」

「……わらわない？」

「わらうわけないよ」

彼女は「そうだよね」と、どこかうれしそうにつぶやいて、

「あのね。……私、デザイナーになりたくて」

彼女の手が止まる。

「洋服をデザインするの。それで、できれば……できればだけど、ブランドとか、立ち上げて……」

ちらり、と、彼女は上目づかいでわたしを見る。わたしがほほえんでうなずくと、彼女は

にこりとわらい、話を続けた。

「そのために、もっともっと技術を磨きたくて。だから私、東京の、服飾の専門学校に行こうかな、って」

「東京……」

「うん。森下くんの、ふるさとだね」

彼女が東京を「ふるさと」と呼ぶことに、わたしはとても大きな違和感を覚えた。

あの、ビルとひとがひしめきあう街が、ふるさと……。

ふるさとという言葉は、どこか自然を思わせるにおいがする。だから、東京という、まるで対極にある言葉とは、少しも調和していなかった。

「もし、試験に受かって、上京することになったら。東京のこと、いろいろ教えてほしいな」

「……ああ。もちろん」

「ほんと？」

彼女は顔を上げ、ぱあっとわらう。

うわさをすれば影がさす。

◇

その日のナシャルとの骨探しを終え、お家に帰って、おばあちゃんと夕食をとっているときだった。

居間にある電話が鳴って、おばあちゃんが「はいはい」と席を立った。受話器をとって、「あら、洋子《ようこ》」と言う。母からの電話のようだ。

わたしは少しだけ聞き耳を立てつつ、テレビを見ながら、お漬物をかじった。

「えっ、秀則《ひでのり》さんが！」

おばあちゃんが、急に大きな声を出す。

わたしは反射的に、おばあちゃんを見た。

「それで、大丈夫やと？　……うん、そうね。……うん。あ、慎くんね、うん、代わるわね」

おばあちゃんは耳から受話器を離し、わたしにさしだして、

「慎くん、お母さんからよ。お父さんが倒れたっと」

「えっ」

わたしは急いで席を立ち、おばあちゃんから受話器を受けとった。

『あっ、慎太郎？』

久しぶりの、母の声。

『あのね。今日、お父さんが倒れたのよ。今、病院にいて』

「大丈夫なの？」

『うん。過労だって。そう、命に別状はないのよ』

それを聞いて、はあっ、と息がもれる。

そのことに、自分でおどろく。

父のことなど、どうでもいいはずだ。

『慎太郎、東京においで。お父さんに会ってあげて』

「……」

『ちょうど夏休みでしょ？　慎太郎が来てくれたら、お父さん、きっとよろこぶわ』

帰りたくない、というのが本音だった。けれど、それをそのまま伝えられるほど、器用に自分を出せない。だからわたしは、ひたすら、無言でいた。

『……ごめんね、こんなときばかり。お母さんも、もっとそっちに行ければいいんだけど。どうしても、仕事がいそがしくて……』

母が、沈んだ声で言う。

『……お父さん、一週間は入院してるから。慎太郎の気持ちが決まったら、教えてね。すぐにチケットを手配するわ』

わたしは「わかった」と言い、受話器を置いた。

◇

その日は珍しく、朝から曇っていた。

筒見さんと手芸をしてから砂浜に行くと、汽水域に足をひたしたナシャルが、骨に頬ずりをしていた。

わたしは彼女が頬ずりをしているときは、話しかけないようにしている。大切なひととの思い出をみている時間に、水をさしたくない。

そのうち、彼女が目を開けたので、わたしは彼女に近づいた。

「どんな思い出を見ていたの？」

わたしに気づいた彼女は、うれしそうにほほえみ、ペンをはしらせる。

『キキョウに　みずやりするおもいで』

「おうちの花壇？」

『はちうえ』

『ふたりで　そだててた』

『すごく　きれいにさいたよ』

彼女は、ふふっ、と、そのときを思い出すようにわらった。

「すてきだね」

『すきな　おもいで。なんかいも　みちゃう』

背後の橋梁《きょうりょう》を、電車が走り抜けていく。枕木を踏む音と、鉄のきしむ音が混ざりあう。海の向こうの積乱雲に、稲妻が光った。光っただけで、雷鳴はない。

『ゆきは　はな　そだてたこと　ある？』

「うん。あるよ」

小学生のとき、理科の授業で観察日記をつけていたアサガオの鉢植えを、家に持って帰った。日当たりのいいベランダに置いて、育てていた。

「結局、枯れちゃったけどね」

水やりを忘れたことはない。しかし、一緒に食事をとれるタイミングがあると、いつも父が「アサガオに水はやったか？」と訊《き》いてきた。わたしがうなずくと、父は「そうか」と言って、それで話は終わる。当時のわたしは、どうして父がそんなにアサガオを気にするのか、わからなかった。

でも、今にして思えば、わかる気がする。

父は、わたしとの会話の糸口を探していたのだろう。めったに家に帰ってこられず、親子なのにほとんど会えず、近況を知らせあういとまもない。それでもなんとかわたしに近づきたいという、父なりのコミュニケーションだったのだ。

「……ねえ、ナシャル」

わたしは、汽水域にただよう木片の群れを見つめた。

「きらいだけど、会わなくちゃいけない、ってひとがいたら……。ナシャルは、会いに行く？」

彼女の視線を、頬に感じる。わたしは、汽水域から目を離せない。

しばらくして、彼女はペンをはしらせ、ボードをわたしに見せた。

『どうしても　あわなくちゃいけないって　おもってる？』

「うん……」

『じゃあ　ゆきは』

『そのひとのこと　ほんとは　きらいじゃないんだよ』

「え？」

『あわなくちゃいけない　って　おもえるんだから』

「……」

『ほんとにあいたくないなら　あわなくていい』

『でも　ゆきは　あわなくちゃ　って　おもってる』

『そうおもえるひとって　あんまりいない』

彼女はほほえむ。

『あわなくちゃいけないひとは　あいたいひとだよ』

雲の切れ間から、日が差してきた。

『わたしにとって　あのひとも　そうだから』

彼女は、深く息をする。

◇

行きたくない。

行きたくないけれど、わたしは東京へ行くことを決めた。

行かなければ、ナシャルに不誠実だと思ったから。

彼女は永遠に、大事なひとと再会することはできない。会いたいひとに、会うことができない。会おうと思っても、会えない。

でも、わたしはちがう。会おうと思えば、会える。

逃げようと思えば逃げられるのに、それでも「会わなくちゃいけないひとがいる」という想いを抱けるのは、幸せなことなのかもしれない。わたしはそれを、確かめたかった。

わたしが連絡をすると、母はとてもよろこんだ。ネットで航空券を予約して、電子チケットを送信してくれた。

八月中旬の土曜日。わたしは朝から、おばあちゃんとふたりで、電車に乗って空港へ赴いた。搭乗手続きをして、ロビーへ向かう。

「ありがとう、ばあちゃん。すぐに戻ってくるから」

「ゆっくりしてきてもいいとよ。ひさしぶりに帰るんだから」

「帰る」という言葉が、またしっくりこない。「行く」のほうが、ぴたっとはまる。十五年も暮らしていたのに郷土愛がないのは、わたしがつめたい人間だからだろうか。

「父さんの様子を見に行くだけだから」

「そうね。慎くんのいいごつでいいとよ」

おばあちゃんが、やさしくわらう。

わたしは見送りを受け、東京行の飛行機に乗りこんだ。

宮崎を出発して、二時間弱。

羽田《はねだ》空港に到着し、飛行機を降りて到着ロビーへ行くと、母の姿があった。わたしに気づいた母は、小さく手をふった。

「お疲れ様」

母が、にこりとわらう。お正月に会ったときにくらべて、少し、やつれているようだった。

「ゆれなかった？」

「うん」

空港に直結している駅から、電車に乗る。座席に腰を下ろして、目的地の品川《しながわ》駅に着くまで、他愛もない話をする。

「慎太郎、ちょっと背が伸びた？」

「そうかな……」

「うん。なんか、青年、って感じになったわ」

「母さんは、ちょっとやつれた？」

「えっ、そう見える？」

「ああ。ずいぶんつかれてるみたい」

きちんと休めているのだろうか。父よりも、母が心配になった。

「最近、立て続けに同僚がやめちゃってねえ。新しいひとが入るまで、やめたひとの分の仕事も回ってきちゃって」

「無理するなよ」

「大丈夫。ありがとうね」

電車が品川駅に着き、わたしたちはホームへ降りた。

雑音を背景に、ドウドウと、濁流のように人波がうねっていた。早送りをしているみたいなひとたちが、みんなどこか一点を見つめて歩いている。絶えず、乗車案内とベルの音が響いていた。立ち止まっているだけなのに、誰かにぶつかりそうになる。

ああそうだ、と、わたしはここで初めて懐かしさを感じた。これが東京だった。

「病院の最寄りの、代々木《よよぎ》まで行きましょう」

山手《やまのて》線に乗り換えて、代々木駅まで行く。当然、座席には座れない。ぎゅうぎゅう詰めの車内で、命綱のようにつり革をにぎり、電車にゆられる。車窓から、せまい青空が見える。懐かしいという気持ちはとうに過ぎて、不快感が湧いていた。

人ごみをかきわけて駅を出る。排気ガスのにおいがする。クラクションと、行き交う人々の足音が響く。なにもかも、片辺菜にはないものだった。

「少し歩くよ」

母に先導され、病院へ向かう。道中、見上げれば、途方もなく大きなビル群が、正午の陽を乱反射している。反射した光がまた別のビルに反射して、かがやきを押しつけあっていた。

やがて、病院に着いた。とても大きい建物で、多くのひとが出入りしている。玄関の自動ドアをくぐると、病院特有の、薬っぽいにおいがした。

「入院棟は、あっち。行きましょう」

母が歩き出し、それに続く。

一歩、一歩と行くたびに、どんどん、どきどきしてくる。くちびるがふるえる。
父に会う――たったそれだけのことが、こうもわたしを緊張させる。

◇

父がいたのは、入院棟四階の個室だった。横開きのドアを開けると、広い空間があって、窓際にベッドが置かれていた。父はそのベッドの上で、半身を起こして、テレビを見ていた。

「お父さん。慎太郎が来たよ」

母が言うと、父は無言でこちらを向いた。

母とわたしは、ベッドのそばにあるソファに座る。

「大丈夫？」

わたしが尋ねると、父は無表情のままうなずき、

「大丈夫だ」

「倒れた、って。大ごとだと思って……」

「ただの貧血だ。それを周りが大騒ぎして」

父は顔をしかめる。

「もう、すっかりいいんだ。なのに、七日も入院しろだと」

「ありがたいことじゃない」

母は苦笑した。

「お父さん、二月から休みなしで働いていたから。たった一週間の休暇だけれど、どうかからだを休ませて」

「ああ、そのとおりだよ」

わたしが同意すると、父はつまらなそうな顔をした。

「俺は無用か」

「ちがうわ。働いている病院に入院するんじゃ気が休まらないだろう、って、ここを紹介してくれたのよ。そんな気遣いをしてくれるくらい、みんな、お父さんを大事に想ってるのよ」

父は、ため息をついた。

それから、会話のないときが、四十秒ほどあった。父は窓の外を眺めていたが、ふと、わたしを見て、

「学校はどうだ」

「えっ、あっ、ああ」

わたしは、口の中で言葉をお手玉した。

「きちんと行ってる」

「成績は」

「……悪くはない」

「模試、上位だったのよね。通知表も、あと少しで、オール5で」と、母。

「こないだ、成績の写真を送ってもらったの。音楽だけ3だったのよね」

「音楽か。ならいい」

父は言った。

「そんなものは、できなくても問題ない」

ふたたび、会話が途切れる。……今度は、三十秒くらい、空いた。

「どこの大学に行くんだ」

「えっ？」

突然の父の問いに、わたしは思わず声を上げた。

「どこの大学に行くんだ。東大か、慶應か」

「あっ、えっ……？」

「そろそろ、本格的に受験勉強を始める頃合いだろう。どの医学部に行くのか、早く決めなさい」

有無を言わせぬ父の言い方に、わたしはうつむくしかない。

父がわたしの未来をどんなふうに思い描いているのか、悟ってしまった。

高校を卒業したら、わたしが東京に帰ってくるのだと、父は思っている。

そして、かつての自分と同じような大学に行かせて、同じように医者の道に進ませようとしている。

「お父さん。せっかくなんだから、もっと楽しい話をしましょうよ」

困り果てるわたしを見て、母が助け舟を出す。

しかし父は毅然《きぜん》として、

「未来の話が楽しくないだと？　まさか」

「もう……」

「慎太郎。ここまで間違えていたとしても、おまえはここから、いくらでもやり直せる。未来は明るいと信じて生きろよ」

悪気なく、父は言う。

◇

病院からの帰り道、お腹の底に落とされた鉛が重くて、うずくまってしまいそうだった。

やっぱり、来なければよかった。

「ここまで間違えていたとしても」という、父の言葉がのしかかる。

父からすれば、わたしは、ひきこもりのまま中学を卒業し、田舎の高校へ進学した、駄目な息子なのだろう。でも、わたしは、それが間違っていたとは思わない。いや、それが正しかったのか、正しくなかったのか……そんな判別をするだなんてこと自体、頭になかった。

わたしは……間違っていたのだろうか。

一生懸命、仮面をかぶってきたわたしの道は、正しくなかったのだろうか。

矛盾している。わたしは家族のために……父のために、仮面をかぶってきた。その結果として、今のわたしがここにある。きちんと「慎太郎」をしているわたしが、ここにいる。それが、間違っていただなんて。

じゃあ、わたしが仮面を外したら、父はどう言うだろうか。

それこそ、間違いだと言うはずだ。

つまり、わたしは、どう生きようとも、間違えるのか――。

交差点にさしかかる。

たくさんのひとと共に、信号が変わるのを待つ。

目を閉じる。

脳裏に、あの海がうかぶ。青空の下、もくもくと入道雲がふくれていて、波打ち際には、笑顔のナシャルが立っている。彼女が、わたしに手をふった。

ゆき。

こっちだよ。

彼女の声が聞こえたような気がして、目を開ける。

津波のように、人々が動き出す。わたしは動けず、そこにいた。後ろから、どん、と、誰かがぶつかって、わたしに舌打ちをした。

「どうしたの？」

先に歩き出していた母が気づいて、戻ってくる。わたしの手をとって、「ほら」と、横断歩道を渡ろうとする。

「母さん」

わたしは言った。

「帰りたい」

「えっ？」

「ばあちゃんちに、帰りたい」

信号が、ふたたび赤になる。母は、かなしそうな顔をした。

「どうして？」

「帰りたいんだ」

「……慎太郎」

わたしはそれ以上、母の顔を見られなかった。うつむいて、スニーカーのつまさきを、ひたすら見つめた。

「……今日くらいは、お家に帰りましょう。お母さん、久しぶりのお休みなの」

母が言う。つとめて、明るい声で。

「私ね。慎太郎と、ごはんを食べるの、楽しみにしてたの」

はっ、と顔を上げる。母は、ほほえんでいた。

その目じりに増えた皺《しわ》が、これまで会えずにいた時間を、わたしにつきつけた。

「……」

わたしは、うなずいた。母は、救われたような顔をした。

◇

進路なんて、考えられない。

将来なんて、考えたこともない。

男性なのか、女性なのか……自分自身の在り方さえ万華鏡の模様のように不確かなのに、未来のことなんて、決められるはずがない。

でも、ここが人生の分岐点だというのなら、ただひとつだけ、確信がある。

それは、このまま仮面をかぶり続ければ、もう一生、脱げなくなるということ。

男性の仮面が顔面と一体化して、わたしはいつしか、丸ごと「慎太郎」になる。

そして、二度と「ゆき」に戻ることはできない。森下慎太郎という人間が、毎日を平気なふうに生きていく。かつて「ゆき」だったことを永遠の底にしまいこみ、何食わぬ顔をして生きていく。本物のこころを殺したことも、そのうち忘れる。

そして、切り株に芽吹く新芽のように、こころが死んだあとにはまた、新しいこころが生まれるのだろう。それはきっと、なにもかもをあきらめた、外側だけが立派な、空洞のこころだ。


「味はどう？」

午後七時過ぎ。久しぶりに戻った実家で、わたしと母は夕食をとった。

「しょっぱくない？　お塩、入れすぎちゃったかも」

母は、わたしの好きなハンバーグを用意してくれた。わたしが来ると聞いて、前日の深夜から仕込んでいたらしい。今日のために、仕事が終わってから、準備をしてくれていたのだ。

「うまい」

わたしが本心から言うと、母はうれしそうにほほえんだ。

「おかわり、いっぱいあるからね」

「うん」

「やっぱり、慎太郎と一緒にごはんを食べると、おいしいわ。……そうだ、スイカも買ってあったんだ。ちょっと待ってて」

母が、席を立つ。冷蔵庫から半玉のスイカを出して、切り分け始める。

「うん。よく冷えてるわ」

母は、やさしい。

この母のために、なにができるだろうかと考える。

……ちくり、と、胸が痛む。わたしはこのやさしい母を、だましている。わたしは、母の前でも仮面をかぶり続けている。母は「慎太郎」に接しているのだ。

「母さん」

「なあに？」

いつしか小さく感じられるようになった母の背に、声をかける。仮面を外して、本当の自分を出してしまおうかと、気持ちがゆらぐ。やさしい母なら受け入れてくれる、と思ったわけではない。それより、母をだましているという罪悪感から逃れたかった。

「どうしたの？」

わたしがだまっているので、母は苦笑する。

「あ、おかわり？」

「……ちがう」

わたしは、つばを飲みこんだ。

半端な覚悟のまま、息を吸って、

「ぼく。ぼくさ——」

そのとき、インターホンが鳴った。

「あ、はあい」

母が包丁を置き、手を洗おうとする。

「いいよ。ぼくが出る」

「あら。ごめんね」

わたしは食卓を離れ、玄関へ向かった。

ドアのすりガラスに、なにかを持った、ひとりの人影がうつっている。

「はい」

ドアを開ける。

そして、はっとする。

相手もまた、わたしを見て、息を飲んだ。

「……慎」

そこにいたのは、記憶の姿よりもずいぶん背が伸びた、翔くんだった。

◇

三年半ぶりの再会だった。

わたしと翔くんは、茫然《ぼうぜん》と見つめあう。お互いに、かける言葉を探していた。

「慎太郎？　どなた？」

台所から、母の声が聞こえた。

それが気つけになった瞬間、逃げたい、と思った。

ドアを閉めようとして、

「お、おい」

翔くんが手をかけて、それを制する。そのはずみで、彼が提げていたビニール袋から、トマトがふたつ、転がり落ちた。

「あっ」

ごめんなさい、と言おうとしたけれど、声が出ない。

「……じいちゃんちから届いた、野菜。おすそわけに持って行けって、母さんが」

ビニール袋には、きゅうりやナスも入っている。彼はトマトを拾い上げて、袋に戻し、わたしにさしだした。

「……久しぶり」

「……うん」

わたしは、小さくうなずいて、ビニール袋を受けとった。

「……元気、だったか？」

「うん……」

「そっか……。……」

「あら、翔くん」

うしろから、母がやって来た。

「まあ、お野菜。おすそわけ？」

「あ、はい」

「いつもありがとうね。そうだ、ちょうどスイカを切ったのよ。よかったら、翔くんも食べていかない？」

母は楽しそうに言う。

「慎太郎と会うのも、久しぶりでしょ？　上がって、お話したら？」

「いやだ」

思わず声が出ていた。

「え？」

わたしはふたたび、うつむいた。「いやだ」と、今度は蚊の鳴くような声で言った。

それから、きびすを返し、驚く母をその場に残して、ダイニングに戻ろうとした。

「慎太郎！」

廊下を行くわたしの背に、彼が大きな声をかける。

「俺……俺、ずっとおまえにあやまりたいと思ってたんだ！」

ふと、足が止まる。

「今じゃなくてもいい。いつか、いつかおまえが、また俺と話したいと思ってくれたなら……そのときは……」

彼の声は、ふるえていた。

「そのときは、今度こそ、上手に……」

わたしは、ふり向かなかった。

ふたたび歩きだし、ダイニングに入って、廊下とつながるドアを閉めた。

◇

翌日、わたしは午前中の便に乗って、宮崎へ帰ることにした。

母と共に、空港へ。手続きをして、おみやげを買った。ロビーのソファに座っていると、急に母が、うしろからわたしの肩を揉《も》んだ。

「なに？」と訊くと、「なんとなく。がっしりしてきたね」と、母は言った。

「今度は、お母さんがそっちに行くからね」

「ああ。ごめん、母さん」

「どうして謝るの？」

母はわらう。

「お母さんはね。なにをするにも、慎太郎のこころのおもむくままでいいと思っているのよ」

出発時刻の二十分前になって、わたしは母と別れた。母はわたしを見送ったあと、すぐに仕事へ向かうようだった。

母に対して、自分がひどいことをしているのはわかっている。

けれど、わたしは一刻も早く、この「ふるさと」を離れたかった。

◇

飛行機の窓から見下ろす東京の街は、まるで電子回路のように見える。

到着が待ち遠しかった。宮崎空港に着くと、わたしはすぐに手荷物を受けとり、電車に乗って片辺菜へ向かった。

昨晩に電話をして、おばあちゃんの迎えは断っている。駅を出て、すぐに行きたい場所があったからだ。

からだがひどく渇いているようだった。ドアが開いて、片辺菜駅のホームに降りる。駅員に切符を渡して、改札を抜けた。

快晴が目に沁《し》みる。カラッとした暑さが肌を焼く。南風の吹く、なにもない町のにおいがした。気づけば、走り出していた。

防砂林への道が見えてくる。

周囲を見回し、人気がないのを確認する。

バリケードをまたいで、海へと急ぐ。

青空に濡《ぬ》れた砂浜に着いた。広大な海が、八月の陽にかがやいている。やわらかな白波が打ち寄せ、やさしい音を立てている。

わたしは、汽水域へ走った。砂に足をとられながら、たくさんの汗をかきながら、肺をねじらせ、走った。

いつもの堤防が続いている。

その一角に、ちょこんと腰かけている、麦わら帽子をかぶった彼女がいる。

「ナシャル！」

わたしは大声で、彼女を呼んだ。

彼女は、こちらを向いた。ぱっ、と表情を明るくして、立ち上がる。砂浜に下りて、こちらへ駆けてくる。

「ただいま！」

わたしは荷物を投げ出して、彼女の手をとった。彼女はにっこりとわらい、おかえり、おかえり、と言った。「ただいま、ただいま！」。おかえり、おかえり。わたしたちは手をとりあって、その場でぴょんぴょんと飛び上がった。

仮面を脱ぎ捨てる。干からびそうだったからだが、うるおいをとり戻していく。やっと息ができた。

ふたりだけの汽水域に、すずやかな潮風が吹く。

◇

東屋で、ナシャルへのおみやげを開ける。彼女のすきなチョコレートのお菓子を買ったけれど、失敗だった。溶けてしまっていた。

「ちょっと考えればわかるのに。わたしって、ほんと……」

わたしが暗い顔をすると、彼女はほほえみ、首を左右にふって、指を汚しながらチョコレートを食べた。頬に手をあて、目じりを下げる。顔にべったりとチョコがついた。私はわらった。

東京のことを話そうとは思わなかった。彼女と一緒にいて、いつもみたいに、他愛のないおしゃべりをしたかった。

ただ、彼女の目には、やはり、わたしのお腹の底にある鉛が見えたのだろう。

彼女はふと立ち上がり、わたしの手をとった。

「なに？」とたずねても、答えない。

彼女はそのままわたしの手をひいて、汽水域まで来た。

「なあに、ナシャル」

彼女はすたすたと歩み、麦わら帽子をシャコ貝の宝箱にかぶせて、しずかにゆれる水面《みなも》を見つめる。

そして突然、どぼん！　と、汽水域の中に飛びこんだ。

「あっ！」

驚きに声が出る。

彼女は、ざばっ、と水から顔を出し、にこりとわらった。

「な、なにしてるの？」

濡れたシャツが、彼女の肌にはりついている。彼女は髪をかき上げ、わたしに向かって手

を伸ばし、
　ゆきも。

「えっ。む、むりだよ！」

　わたしはうろたえた。

「そんな。むり、むり！」

　しかし、彼女は手をひっこめない。わたしがにぎるまで、ほほえみを浮かべたまま、じっとしている。

　どきどきする。その白い手をとったら、汽水域の奥深くにひきこまれてしまいそうな気がした。でも、それは決して、恐怖からくるどきどきではない。どうなってしまってもいい、という、わくわくをはらんだどきどきだ。

「！」

　そのとき、ふいをついた彼女が水の中から飛び出して、わたしの腕をとる。そのまま、水の中へ、ひっぱりこんだ。

　大きな音とともに、しぶきが上がる。なにがなんだかわからないまま、全身をつめたい水がおおう。泡のカーテンで、視界がゆがむ。なんとか水面に顔を出して、息をする。目の前で、彼女がわらっていた。

「……もう、ナシャル！」

わたしが怒ると、彼女はウインクをした。

熱をもっていたからだが、汽水域に冷まされていく。くちびるから口の中へ忍び込む水滴は、ほんのわずかにしょっぱくて、けれど真水の味がする。

彼女は水の中で、わたしの両手をとった。

そして、すーっ、と、大きく息を吸う動作をした。

その瞳《ひとみ》が、息を吸って、と言っている。

わたしは彼女のするように、息を吸い込んだ。

すると彼女は、とてつもない力で、わたしを水中へとひきこんだ。

わたしは、目を開けていた。大量の気泡の幕が上がる中、深く、深くへもぐっていく彼女に手をひかれる。不思議と、息ができた。

しだいに、水底《みなそこ》の様子がわかってくる。

三百六十度、水底は先が見えないほどに広い。さしこむ陽のおかげで、景色がよくわかる。岩肌の中に、ゆらゆれる海藻群とサンゴ礁があって、それを住処《すみか》にする、色とりどりの熱帯魚が泳いでいた。ちょうどその上を、羽をひろげた鴨の一群が通り過ぎる。その鴨たちは、水中にあって、飛んでいるようだった。

　ぷくぷくと泡を吐いている、カラフルな貝がある。わたしたちが近づくと、ぱかっ、と口を開けた。中に、数えきれないほどの真珠があった。きれいな錦鯉たちがやって来て、その真珠を口でつついた。

「わあっ」

感嘆の声とともに、わたしの口から、こぽり、と泡がのぼる。

頭上から、影が落ちてくる。海亀の親子が、真上にいた。鼻先を、エビとヤゴの入り混じる群れが横切っていく。

つんつん、と、背中に触れられる。数頭のバンドウイルカが、代わるがわる、鼻先でわたしにタッチしていた。イルカの向こうには沈没船らしき巨大なかたまりがあって、船体の亀《き》裂《れつ》から、タコやウツボが顔をのぞかせていた。その周囲には、様々な草花がある。ハルジオン、ニワゼキショウ、アブラナ、アサガオ……地上の植物が一面にしげり、風に吹かれているように、波にゆらゆらゆれていた。

「きれい……」

わたしは、光のさすその花畑の中で、からだを仰向《あおむ》けにした。

遠く向こうの水面で、不確かな太陽がゆらいでいる。波の動きに合わせて形を変えるその光は、まるで海に金貨が溶けだしているようだった。

「わたしも、人魚になれたらな」

ぽこぽこと、わたしの声が泡になっていく。

「自由に海を泳ぐ、人魚に……」

目を閉じて、深呼吸をする。固形の入浴剤みたいに、じんわり、からだが水と一緒になって、自分がなくなっていくような気持ちがする。

ねむたい。

声が聞こえた気がして、わたしはうっすらと目を開け、となりを見た。

わたしと同じように、ナシャルがからだを仰《あお》向《む》けにして、目を閉じていた。

「ねむたいね」

わたしも、つぶやく。

彼女は目を閉じたまま、ほほえんだ。

六・はじまりの骨

土にかえった蝉たちへの鎮魂歌のように、秋の虫が鳴き始めた。

風も空も、夏の色をうすくして、新しい季節のよそおいになっていく。あんなにふくれていた雲も、今はすっかり大人しく、ほうきで掃いたようになっていた。

あと数日もすれば、十月がやってくる。

骨を拾い、セーターをつくる日々が続く。それはわたしにとって、安寧の日々だった。変化がないからこそ、安心して、男性と女性の切り替えができる。ただ、仮面をつけたり外したりの生活の中で、自分の輪郭が徐々にぼやけていくような感覚が少しあった。

「森下くんって、なんか、ほかの男子とちがうよね」

ある日の昼休みに、教室で筒見さんと編み物をしているときだった。

彼女は唐突にそう言って、赤くなってうつむいた。言ったあとで、恥ずかしくなったようだ。

「そうかな」と、わたしは答える。

彼女はかぎ針を動かしながら、わたしを見ずにうなずいた。

「……私ね。ほんとのこと言うと、男子が苦手だったの。なんか、こわくて……」

「そっか」

「うん。でも、森下くんは、こわくない」

「なんでかな」

「やわらかいから」

「やわらかい？」

彼女は、いっそう赤くなる。

「なんか、雰囲気が、やわらかい。やさしい、って言葉が、あてはまるのかな。でも、ううん。なんか、しっくりこない……」

彼女は手を止めずに、ぽつぽつとつぶやく。「あっ」と、思いついたように口を開き、

「そうだ。森下くんは、女の子みたいなんだ」

「えっ」

ハッと、彼女の顔を見る。

すると彼女はあわてて、「あ、いや、ちがうの」と、首を左右にふった。

「ごめんね、気を悪くしないで。女の子みたいに、話しやすい、っていうか……」

それからまた、彼女はうつむいた。わたしは、黙っていた。

気を悪くしないで、か。

女の子みたいと言われるのは、本当はうれしいはずだった。

でも、なぜだろう。

今、そんなに、うれしくなかった。

◇

町の木々が秋の絵の具に染まり、すずしいよりもつめたい風が吹き始めた。

十月初旬のある夜、自室でセーターづくりを進めていると、スマホが鳴った。

見ると、生駒くんからメッセージが入っている。

『頼みがあるっちゃけど』

彼からメッセージが来るのは初めてではない。けれど、来るたび、初めてのようにうれしい。

わたしはかぎ針を置いて、すぐに返信する。

「どうした？」

既読がついて、

『実は今度、おふくろが入院することになって』

えっ、と、思わず声が出る。

「大丈夫？」

『ああ。ただの盲腸だよ』

よかった、と、息をつく。

『それでさ。恥ずかしいっちゃけどよ……』

少しの間。

『おまもりを、つくってやりたくて』

なるほど、と思う。

また少しの間があって、

『つくりかた、教えてくれん？』

「もちろん」

そうくると予想していたわたしは、あらかじめ打っていたメッセージを間髪容《い》れずに送信した。

『返事はやっ』

彼から、うさぎのキャラクターがわらっているスタンプが届く。

「明日、学校で詳しく話そう。どんなおまもりにしたいか、聞かせて」

『わかった。ありがとう！』

彼とのメッセージを終えて、わたしはスマホを胸に抱いた。

自然にからだが左右に動いて、鼻歌がもれた。

卓上の時計は、午後十時三十二分を指している。自然ににやける頬を、軽くたたく。早く明日が来ないかな、と思った。

◇

わたしと、筒見さんと、生駒くん。

わたしたち三人は、昼休みに手芸をするようになった。

わたしと筒見さんはセーターを、生駒くんはお母さんへのお守りをつくるのだ。

おもしろかったのは、あれだけ野球の達者な生駒くんが、手芸はからきしだったことだ。彼はとても不器用で、なんども指を針で刺しては悲鳴を上げた。

「こんな細かいこと、ふたりともよくできるなあ」

指をくわえながら、彼はもごもごと言った。

彼の前には、縫いかけの、星柄の生地がある。彼は、わたしたちが野球部員につくったようなマスコット型ではなく、オーソドックスなお守りをつくっていた。

ただ、どうにも縫い方が粗くて、見た目がよくない。本来なら簡単な工程でできるはずなのに、あんまり不器用なので、なかなかうまくいっていなかった。

「これって、ほんとにすごい技術でつくられたんやねえ」

彼は、かたわらに置いていたスポーツバッグを持ち上げて、側面につけたお守りを見せた。

わたしがつくったお守りだ。

「生駒くんも、慣れたらできるさ」

「それにしたって、森下くんは筋がよかったけどね」

筒見さんがわらう。

「まるで、前からやっていたみたいに」

「まさか」

わたしは苦くわらい、「たまたまだよ」と、嘘をつく。

「なあ。ここって、どう縫い返したらいいと？」

彼が、お守りの角をわたしに示す。わたしはお守りを受けとって、針の入れ方を少しだけ実践する。わたしの説明を、彼はふむふむとうなずきながら聞いた。

「生駒くんと森下くんって、ほんと、相性がいいんだね」

わたしたちのやりとりを見ながら、筒見さんがほほえんだ。

「いつも一緒にいる、ってわけじゃないのに、親友、って感じ」

「いやあ。なんか、話しやすいとよね、森下って」

彼は後ろ頭をかいた。

「なんていうとかな。物腰やわらか、っていうか」

「あっ。私もこないだ、同じことを森下くんに言ったんだよ」

「そうやと?」

「うん。森下くんはやさしくて、やわらかいね、って」

わたしは恐縮してちぢこまり、額の汗をぬぐった。そんなわたしを見て、ふたりは愉快そうな顔をした。

「縁が」

針を持ち、彼がお守りに糸を通す。

「縁がよ、この三人の。卒業しても、いつまでも続けばいいよな」

「なあに」と、筒見さんがふき出す。

「卒業って。まだ二年生だよ、私たち」

「わかってるよ。でも、言っておきたいことは早めに言っておいたって、損はないとよ」

あはは、と、わたしたちはわらう。

秋の螺旋《らせん》の上で、にぎやかな昼休みが続く。

ときおり入るクラスメイトからの茶々も、まるでこたえない。仮面も、その中身も、わたしは笑顔だった。このまま彼のお守りが完成しなければいいのに……そんなひどいことを思ってしまうくらい、幸せだった。

◇

空がひときわ高かったその日、放課後の砂浜でめずらしいことがあった。

骨探しを終え、堤防でひと息ついていたとき、ナシャルがわたしにお願いごとをしたのだ。

『のーとと　ぺんを　もらえないかな』

わたしがおせっかいでなにかをあげることはあっても、彼女がわたしに特定のものを要求するのは初めてだ。とても意外で、また、彼女が頼ってくれたことが、よろこばしかった。

「もちろん。どんなノートがいい？」

『どんなのでも。ちいさくて　だいじょうぶ』

「ペンは？」

『ぼーどようのやつより　ほそいやつ』

「わかった。明日、持ってくるね」

わたしがうなずくと、彼女は、ポケットから数個の真珠をとり出して、わたしにさしだした。

「もう。いいって、そんなの」

彼女は首を左右にふる。お、れ、い、と口を開く。

「ううん。わたしはもう、たくさんお礼をもらってるよ」

彼女は、きょとんとする。

あなたがここにいてくれることで、わたしがどれだけ自由になれているか……その想いは、言の葉にはしない。舌をはなれた途端、潮風に軽く飛んでいってしまいそうだから、大切に秘めておきたかった。

だから、

「ほら、ひおうぎ貝の真珠。あれでもう、お礼はお腹いっぱい」

彼女は納得いかないように、くちびるをとがらせる。

「そんな顔したって、受けとりません」

わたしは、いじわるにわらってみせた。

海の深い青に、空からしたたる濃い紫色がにじんでいる。水平線の向こうに、秋の夜があった。

あと何度、この砂浜から、夕方と夜の境目を見ることができるだろう。

埋め立て工事の開始日が迫っている。

わたしはいまだ、そのことを言い出せずにいる。

はやく、そのあとのことを話しあわなければいけないのに。

わたしはもう一度、おばあちゃんちに来ないかと、彼女に提案するつもりだった。行く場所がないのなら、わたしとずっと一緒にいてほしい。そうして、この砂浜で、汽水域でしていたように、おしゃべりをして、お菓子を食べて、わらいあっていたい。

明日こそは、明日こそは打ち明けようと、決意する。

でも、その決意は、愛《いと》しそうに骨に頬ずりをする彼女の横顔を見て、いつも霧散してしまう。

そのうちに、べつだん、わたしが言い出さなくてもいいのではないか、という気持ちが生まれてしまった。

あと数日もすればきっと、砂浜に、工事のひとが来るだろう。そのひとに、役目を担ってもらえばいい。そしてわたしは、落ち込む彼女に、そっと寄り添ってあげる。

そう。

べつに、わたしが無理をして、彼女をかなしませる必要はないのだ。

◇

土曜日の午前十一時。

砂浜へ出かける支度をしていると、ジーンズのうしろポケットに入れたスマホが振動した。

生駒くんから、メッセージだ。

『森下。今、家？』

「ああ。どうしたの？」

『窓、開けてん』

わたしは不思議に思いながら、丸窓を開けた。

すると、「わっ！」と言いながら、横からひょっこりと生駒くんが姿を見せた。隠れていたらしい。わたしは驚き、たまらず悲鳴を上げてしまった。

彼はお腹を抱え、大きくわらった。

「キャーッ、って、おまえ。あはははは」

「い、い、生駒くん。なんで」

沸騰するように、胸がどきどきし始める。

「いや、急にすまん。スーパーに行った帰りでよ、ちょっと聞きたいことがあって」

彼はビニール袋をかかげた。

「大福買ってきたっちゃけど、食わん？」

「あ、ああ。じゃあ、表に回って」

わたしは玄関から彼を家に上げ、部屋に案内する。

来客に気づいたおばあちゃんが、居間から顔を出して、「あら、おともだちね？」と、うれしそうに言う。彼は頭を下げ、「おじゃまします」と言った。

「ジュース持ってこようかね。あ、ロールケーキもあるっちゃが」

「ば、ばあちゃんは、なにもしなくていいから」

わたしはおばあちゃんに、少し強めの口調で言った。「そうねえ」と、おばあちゃんはほほえんだ。

「そこが、ぼくの部屋。お茶を淹《い》れてくるから、先に入ってて」

わたしは彼を部屋に入れ、廊下を駆けて台所へ向かった。

そうして緑茶を淹れている間も、気が気じゃない。なにか見られてまずいものはなかったか……と考えて、あっ！　と、ふるえる。机上のマスコットが、そのままだった……！

お盆に載せた緑茶をこぼさないよう、細心の注意を払いながら、早足で部屋に戻る。

戸を開けると、机の前に立った彼が、くじらのマスコットを手にとって、興味深そうにながめていた。

「あっ、あっ！」

わたしはしどろもどろになりながら、テーブルにお盆を置いて、

「そ、それは、あの、ばあちゃんが、くれて。ばあちゃん、そういうの、すきで」

わたわたと弁解すると、彼は「ふうん？」と、ふくみのある笑顔を返した。

額にじんわりする汗を、手のひらでぬぐう。テーブルについて、お茶を飲んだ。それから、生駒くんがくれた大福を、ちょっとだけかじる。

上目づかいで、ちらりと見る。生駒くんはうれしそうに大口をあけて、ヘビがたまごを丸飲みするように、大福を口に放りこんだ。

見慣れている部屋に、見慣れていない私服の彼がいる。

わたしの所持する空間に、彼の姿がういていた。彼の輪郭が、きらきらと、かがやいて見える。あまりの鼓動に、心臓が左胸をつき破って、飛び出てきそうな気がする。どきどき、どころじゃない。どんどん、と、お祭りの太鼓のような振動が、まるで小さな地震がきているみたいに、からだ全体をゆらしていた。

「あ、あの……」

わたしは左胸をおさえながら、懸命に声を出す。

「それで……今日は、どうしたの？」

「ああ。これ」

ごくりと大福を飲み下した彼は、たずさえていたスポーツバッグから、作成中のお守りを出した。それはほとんどでき上がっていて、あとは紐《ひも》を通すだけだった。

「最後に、紐を通すやろ？　で、その紐の、二重叶《かのう》結び？　っていうのが、いくらやってもできんくて」

彼は頭をかく。

「これができれば、完成やっちゃけど。教えてくれん？」

「わかった」

わたしは彼から、朱色の太い紐を受けとり、二重叶結びをしてみせた。でき上がったものを前に、彼は納得したようにうなずく。

そして、

「ほんと、ごめんやっちゃけど……。ほどいてくれんね？」

そういうところが、すてきだった。

この紐を通せば、お守りはでき上がる。しかし彼は、最後まで、自分の手でつくり上げようとしている。それは、彼が、彼の母に対して、真心をこめようとしているからだ。

わたしがほどいた紐を手に、彼は懸命に、二重叶結びを再現しようとする。わたしの助言を聞きながら、たっぷりの時間をかけて、ようやく、きれいな結び目をつくった。

「できた！」

彼は紐を見つめ、子どものように瞳《ひとみ》をかがやかせた。

あとは、紐を生地に通せば、お守りができあがる。その前に、彼は、テーブルにボール紙を置いた。お守りに入るサイズに切ってあるものだ。

彼はその紙に、サインペンをはしらせて、『逆転サヨナラ』と、大きく書いた。

「よし」

彼は満足そうに息をはくと、紙を生地の中に入れ、紐を通した。ついに完成したお守りをかかげて、「いいねえ、立派！」と言った。

「逆転サヨナラって、なに？」

「俺、後攻が好きなつよ。九回裏、どんでん返しで勝つのが気持ちよくて」

「うん」

「病気だってわかっても、最後に勝てば、問題なし。これは、逆転勝利のためのお守りよ」

彼は、お守りを大切にバッグにしまって、ほほえんだ。

「ありがとう、森下」

彼のやさしさがいっぱいに詰まったお守りは、きっと彼のお母さんの力になるだろう。少しでもその力の一助になれたことが、誇らしい。

「おまえがいて、ほんとよかったわ」

そのきらめくまなざしに、わたしのこころはどこまでも躍る。

いつの間にか、以前よりも濃く、太く、ひとのかたちを持っているゆきの骨格。その骨格を包みこんでめぐる血管の中で、隠し続けると決めていたはずの恋の血が、加速して、流れていた。

◇

……と、彼のお守りの完成をよろこんでいる場合ではない。

十一月に入ったのに、わたしは予想以上に、セーターづくりに苦戦していた。

思った以上に、編み込みがむずかしい。胸からお腹にかけてのケーブル模様が、どうしてもゆがんでしまうのだ。

だから、現状はまだ、八割もできていない。

焦りがつのる。生駒くんの誕生日の十一月二十二日までに、なんとか完成させなくてはならないのに。

砂浜から帰り、夕食とお風呂《ふろ》をすませると、わたしはすぐに部屋にこもり、作業をした。

気持ちをこめて、ていねいに、ちくちくと編んでいく。しかし、やっぱりどうしても、上手にできない。

よれた毛糸をほどきながら、情けなくて、泣きたくなってくる。

それでも彼のよろこぶ顔を想像して、気持ちをふるいたたせ、寝る間も惜しんで手を動かした。

『そこは、もう少し距離をとって、ざっくり編んだほうがいいかも』

行きづまるたびに、筒見さんに問題の箇所を撮った写真を送って、助言を求める。

『たぶん、慎重になりすぎてるんだと思う。だから、糸がギュッとしちゃうんだよ』

「わかった。ありがとう」

『うん。がんばって！』

わたしが困ってメッセージを送ると、彼女はいつも、すぐに返信をくれる。それどころか、学校にいるときも、わたしにつきあってくれる。自分の時間を割いて、わたしの編み物を見てくれるのだ。

彼女がいなければ、わたしはとうに投げ出してしまっていただろう。無事にセーターができ上がったら、きっとお礼をしようと、わたしは誓った。

ひとつのことに没頭していると、地球の自転が壊れてしまったと思えるくらい、時間の流れが速くなる。

目まぐるしく過ぎる秋の日々の中、亀の歩幅で、作業は続く。

ナシャルの前でも、例外ではない。

『いこまくん　よろこぶといいね』

東屋《あずまや》で編んでいると、彼女がボードを見せて、にこにこしていた。わたしは驚いた。完成後にこのセーターをどうするかなんて、彼女には言っていない。

「どうして、生駒くんにあげるってわかったの？」

『だって。あんでるとき　ゆきのほっぺた　あかいから』

「え……ほんと？」

彼女は笑顔でうなずく。

恥ずかしくて、手を止める。

「……彼。よろこんで、くれるかな」

うん、うん、うん、うん、うん。

彼女は真面目な顔をして、まるで赤べこみたいに、何度もうなずいた。それが滑稽《こっけい》で、わたしはわらった。

焦燥感にさいなまれながらも、自信を失わずにすんでいるのは、彼女たちの支えがあるからだ。寝不足でくらくらするけれど、もうひとふんばりだと自分を鼓舞して、夜なべを続けた。

そして、十一月二十二日の朝。

ついに、納得のいくセーターができ上がった。

ぎりぎりだった。なにせ、彼の誕生日当日だ。

あらかじめ用意していた星柄の包装紙でラッピングして、『Ｈａｐｐｙ ｂｉｒｔｈｄａｙ』のシールを貼る。

すべてが仕上がったプレゼントは、きらきらと光をこぼしているように見えた。

上手に渡せるだろうか。どきどきする。大切に鞄《かばん》に忍ばせて、家を出た。

◇

にぶい灰色の雲が、隙間なく空をおおっている。ちょん、とつつけば底が抜けて、どうっと雨がこぼれだしそうな天気だ。

学校で一日を過ごしながら、わたしは彼にプレゼントを渡すタイミングを逃し続けていた。

朝のあいさつを交わしたとき。休み時間に「お母さんが全快した」という報告をもらったとき。昼休みにお弁当のおかずの交換をしたとき。掃除当番が一緒になったとき。……チャンスは、いくらでもあった。

人目につかないよう、ふわっと鞄からプレゼントを出し、「そういえば、今日、誕生日だったよね」と気軽に言って、さっ、と渡せばいい。それだけだ。

わかっている。

わかっているのに、実践できない。いざそうしようとすると、もう、胸が爆発するみたいに高鳴って、とてもじゃないけれど無理だった。

そうしてうじうじしているうちに、とうとう帰りのホームルームが終わってしまった。

「生駒。今日の二者面談は、おまえからだぞ」

幸いなのは、連日の放課後に、進路についての面談が催されていたことだ。先生に呼ばれた生駒くんは、「はあい」と面倒くさそうに返事をして、教室を出ていった。

その背中を見やりながら、わたしはため息をつく。

彼が、戻ってきたとき。

それが、最後のチャンスだ。

「セーター、できた？」

帰り始めるクラスメイトたちの中、じっと机についていると、筒見さんがやって来た。

「うん。できた」

「本当！」と、彼女は手をあわせた。

「おめでとう！」

「筒見さんのおかげだよ」

「ううん。森下くんががんばったからだよ」

彼女はにこりとわらって、

「冬が楽しみだね。ミルク色のセーター、きっと森下くんに似合うと思うよ」

「あっ」

そうだ。彼女は、わたしが自分で着ると思っているのだ。

「いや。これはさ、プレゼント用につくったんだ」

「プレゼント用？」

彼女は驚き、それから、少しだけ……少しだけ表情をくもらせ、

「……誰にあげるの？」

「えっと……」

わたしは、言葉をにごした。

生駒くん、と正直に答えれば、気持ち悪がられるかもしれない。男子が男子に手作りのセーターを贈るだなんて、妙なことだとわかっている。

「……もしかして。彼女、とか？」

「まさか。そんなひと、いないよ」

「じゃあ……好きなひと？」

わたしはなにも言えず、うつむいた。顔にどんどん血がのぼってくるのがわかる。

「そっか」

わたしの図星を察したのだろう。

「……よかった。森下くんの恋のお手伝いができて」

彼女はほほえみ、か細い声で言った。

「ありがとう、筒見さん」

わたしは、机を見つめたまま言った。

「ここまで、ずっとつきあってくれて。感謝しても、しきれない。おかげで、本当にいいの

ができたんだ。……筒見さんのおかげで、自信を持って、渡せるよ」

返答を待ったが、来ない。そのまま、無言の時間が流れた。

どうしたんだろうと思って、顔を上げると、

「えっ？」

彼女は、しずかに涙をこぼしていた。

「あっ」

自分でも気づいていなかったのか、彼女はあわてて涙をぬぐい、

「ご、ごめんなさい」

さっ、と、身を返した。

「筒見さん！」

思わず席を立って、呼び止める。

しかし、彼女はふり向くことなく、逃げるように教室を出ていった。

「あーあ」

一部始終を見ていたクラスメイトの男子たちが、にやにやしながら、いじわるな声を上げる。

「森下、おまえー」

わたしは、混乱したまま、立ちつくした。

わたしは、なにか、彼女に悪いことを言ってしまったのだろうか。自分でも気づかないうちに、彼女を傷つけるようなことを言ってしまったのだろうか。

考えても、考えても……わからない。

そのとき、生駒くんが教室に戻ってきた。

彼は訝《いぶか》しそうに、近くにいた男子に尋ねる。

「さっき、筒見とすれ違ったっちゃけど。なんか、泣いてなかった？」

「森下が泣かせたつよ」

「何？」

「見てたもん。森下がなんか言って、筒見さんが泣いた」

その答えに、彼が、怖い顔をして、わたしに向く。

「ほんとか？」

彼は、まっすぐに、わたしの目を見つめる。

「あ……」

なにも言えない。

わたしを見つめる彼の瞳に、彼の父親の影がうつっているようだった。

「……ちょっと来い、森下」

わたしの態度から、それが本当だとわかったのだろう。彼は真剣な顔をして、わたしを教室の外へと呼んだ。

困惑しながら、ついていく。

人気のない踊り場まで来て、彼とわたしは向かいあう。

「俺、親父がきらいなんだ」

わたしは、何も言えずに、うつむく。

「どうしてか、知ってるよな?」

そう言ってから、彼はしばらく、わたしの反応を待った。

何を、どうしたらいいのか、わからない。何を、どう言えばいいのか、わからない。

いつまでも黙っているわたしを前に、彼は、大きなため息をついた。

そして、

「いいか、森下」

これまで聞いたことのないような、つめたく、低い声で。

「女を泣かせる男は、最低中の、最低だ」

◇

教室に戻ったわたしは、しばらく、席から動けずにいた。

何十分、机を見つめていただろうか。

気づけば、わたし以外に誰もいない。筒見さんも。生駒くんも。

電気の消された教室は、夜のように暗い。

天気を知りたいと思い、わたしはようやく席を立ち、窓を開けて外を見た。

空に、鉄のかべのような雲が垂れこめている。べっとりとした、重い風が吹いていた。遠くで、かすかに雷鳴が聞こえる。

グラウンドに、野球部員たちがいた。

どこにいるのか、いつでも、すぐに見つけられる。生駒くんは、バックネットの近くで、ボールの入ったかごを運んでいた。

そのとき、生駒くんのもとに、ひとりの女子が駆け寄ってきた。

あのポニーテールの女子には、見覚えがある。

野球部の、マネージャー。

彼女は生駒くんに何かを言って、後ろ手に持っていた、赤い包みをさし出した。

生駒くんは、照れくさそうに頭をかいて、その包みを……プレゼントを、受けとった。

それを近くで見ていた部員たちが、はやしたてるように手をたたく。

生駒くんは腕を回して、部員たちを追いはらうようにする。

そのかたわらで、ポニーテールの彼女は、右手のひらで、左胸をおさえている。

◇

雨が降りだした。水煙で、少し先も見えないくらいの大雨だった。

残っていた生徒たちが傘をさし、校舎を出ていく。わたしは、持っているのに、傘をさせない。

ずぶ濡《ぬ》れになって、帰路を行く。

つめたい以外に、なにも考えられなかった。寝不足のからだに力が入らず、ふらふらする。

水を吸ったスニーカーが重たい。はげしい雨の音が、耳の奥にひびく。

家に続く、田舎道に出る。

でこぼこの泥道を行くうち、くぼみに足をとられた。

がくん、とひざが折れ、わたしは、グチャリ、と、前のめりに倒れこんだ。

鞄が投げ出され、水たまりに落ちる。

わたしは倒れたまま、しばらく、動けなかった。頭を打つ重たい雨が、痛い。ぬたりとした泥が、鼻のあなに入りこんで、息苦しい。そして、強烈に、にがい。

ようやく顔を上げて、手の甲で、頬をぬぐった。

雨と泥の混じった、つばが垂れる。

這いつくばるように鞄の元まで行き、中を開ける。

教科書も、ノートも、星柄の包みも、ふやけるほどに濡れ、汚れている。

包装紙を開けた。

きれいなミルク色だったセーターが、泥だらけになっていた。

わたしは、鞄を抱いて立ち上がった。

雨音の中で、かすかにスマホの着信音が鳴った。

ポケットから出して、見る。

うす暗い視界に、四角い光が浮かび上がる。筒見さんから、メッセージが入っていた。

『ごめんなさい。突然、泣いてしまって』

続けざまに受信する。

『泣くつもりは、なかったんです。でも、がまんができなくて』

『私が編んでた、あの手袋。あれ、本当は、森下くんにあげるつもりでした』

『森下くんのセーターにあう色を選んで。一週間後の……森下くんの、誕生日に』

近くの道路を走るトラックが、雨を踏む音を立てる。

ヘッドライトが、瞬間的に、わたしを照らす。

『こんなことを言われても、困らせてしまうって、わかっています。本当に、ごめんなさい』

『森下くんの恋がうまくいくよう、願っています』

『でも……どうか、これだけ、伝えさせてください』

ちかっ、ちかっ、と、あたりが稲光で白くなる。

遠くで、雷鳴がした。

『私、あなたが好きなんです』

◇

「まあ、まあ、まあ」

玄関でぼたぼたとしずくを垂らす、泥だらけのわたしを見て、おばあちゃんは目を丸くした。

「まあ、転んだとね、慎くん。まあ、まあ」

おばあちゃんはバスタオルを持ってきて、わたしの髪を拭《ふ》く。

「こんなに冷えて。さあ、服を脱いで。お風呂に入らんね」

言われるがまま、わたしは制服を脱いで、シャワーを浴びた。

無心で、泥を流す。

意識を置き去りにして、つめたいからだが、お湯の温度になじんでいく。

すっかりあたたまって浴室を出ると、まっしろなシャツと、ジャージのズボンが用意されていた。

バスタオルを首にかけて、脱衣所を出る。

廊下には、いいにおいがただよっていた。誘われるように、台所へ行く。コンロの前で、割烹《かっぽう》着《ぎ》姿のおばあちゃんが、鍋《なべ》をかきまぜていた。

「あら」

わたしに気づいたおばあちゃんが、ふり返る。

「あったまったね？」

わたしはうなずいた。

「今、ぜんざいをつくっちょるとよ。もうできるから、髪を乾かしておいで」

おばあちゃんはほほえみ、また、鍋に向かう。

「白玉、何個いるね？　たくさん入れてあげる」

窓の外には、絶えず雨音がある。あたりには、あずきの甘いにおいが、いっぱいに満ちている。

わたしは立ちつくして、おばあちゃんの背中を見つめていた。

「健介《けんすけ》もね」

ふと、おばあちゃんが言う。

「……あ、慎くんの叔父《おじ》さんもね。慎くんくらいのころ、たまに泥だらけになって帰ってきたとよ。まあ、あの子はやんちゃだったかいね」

おばあちゃんは、ふふっ、とわらった。

「だから、さっき、慎くんを見て、すごく懐かしかったわあ。うん。男の子は、泥だらけになるくらいがいいとよ」

「ばあちゃん」

意識の外から、言葉が出ていた。

「ぼく、女の子なんだ」

おばあちゃんは、わたしを見た。

わたしも、おばあちゃんを見ていた。

雷が鳴り、蛍光灯がわずかに明滅した。

くつくつと、ぜんざいの煮える音がする。

一瞬とも、永遠ともつかない時間が流れ、

「そうやとね」

おばあちゃんは、いつもとなにも変わらず、ほほえんで、

「じゃあ、これからは、慎ちゃんって呼ばなきゃねえ」

はあっ、と、押し出されるように、お腹の底から息がもれた。

わたしね、おばあちゃん。

男の子として、上手に生きているつもりだったのに。

都合が悪くなったら、全部、おばあちゃんのせいにしてたんだよ。

そう思ったとたん、なにもかもが、ぐちゃぐちゃになった。

わたしは、おばあちゃんにすがりついた。

割烹着の裾《すそ》を握り、顔をうずめ、ひざをついて、声を上げて泣いた。

「あら、あら」

おばあちゃんは、ひざをおって、わたしを包むように抱きしめた。とん、とん、と、背中をやさしいリズムでたたいて、「よし、よし、よし」と言った。

◇

その夜、夢を見た。

わたしはどこか、小高い丘にいた。あたりに人影はなく、際限なく広がる野には、わたししかいない。

風が強くて、澄んだ空に浮かぶ雲の流れが早い。一面にしげっている背の低い草は、雨のなごりか、露をまとっている。その中で、ツタバウンランや、オオイヌノフグリ、シロツメクサやタチカタバミといった、野草の小さな花がゆれていた。

ひときわ大きな風が吹き、草原がざあざあと波打った。

わたしはとっさに、かぶっていた麦わら帽子をおさえた。白いワンピースの裾が、ぱたぱたとそよぐ。

風をやりすごしてから、足踏みをする。サンダルについた桃色のリボンの中心にある真珠が、きらりと光った。

空を見上げ、両うでを広げる。

目を閉じて、深呼吸をする。

肺の深く深くまで、とうめいな空気が染みていく。青い草のにおいがする。にがい土のにおいがする。ほんのわずかに、潮の味もした。それは、あの汽水域の水と、おなじ味だ。

「ゆき」

誰かに呼ばれた。

聞いたことのない声だった。

「すごく、似合ってるよ」

目を開ける。

少し遠いところに、誰かが立っていた。

でも、姿がぼんやりしていて、それが誰なのか、わからない。

わたしはその声の方へ、ゆっくりと歩き出した。

◇

十一月下旬に入ったころ、ついに、砂浜に工事のひとたちが来た。

放課後、いつものルートで砂浜に行くと、作業着を着た数人の男性が、なにかを話しあっているのが見えた。彼らの近くには、数基のショベルカーと、トラックがとめられている。

わたしは身を低くして、こっそりと近づき、ナシャルの姿を捜した。

「あっ」

彼女は、汽水域のそばに立っていた。さびしそうに、じっと作業員たちを見つめている。

ひとりが彼女に気づいて、なにか数言、声をかけた。

おそらく、「立ち入り禁止です」と伝えたのだろう。だが、彼女がだまっているので、困ってしまったようだ。作業員は怪訝《けげん》な顔をして、ふたたび、仲間の輪の中に戻っていった。

「ナシャル」

わたしは小声で、彼女を呼んだ。

すると彼女はこちらを向いて、元気なくほほえんだ。

ひとまずわたしは、彼女の手をひいて、作業員たちから見えない位置に、彼女を連れて移動した。

橋梁《きょうりょう》の下にある大きな石に、わたしたちは並んで座る。

ふたりとも、うつむいていた。こうなることは、わかっていた。でも、実際にそのときを目の当たりにすると、ショックで、言葉がでない。彼女を励まさなければならないのに。

ふいに、とん、と、肩をたたかれる。

顔を上げると、彼女は、ボードをわたしに見せた。

『わたし　しってた』

「えっ」

彼女は、ボードに重ねていたノートを、わたしに差しだした。

やさしい目が、読んで、といっている。

わたしはノートを受けとり、表紙を開く。

彼女の丸っこい字が、たくさん書かれていた。

『ふゆに、すなはまが、なくなること。

うみねこたちからきいて、しっていました。

みんな、わたしをきにかけて、きてくれていたんだよ。

ごめんなさい。
わたしが、さがしているっていった、あのひとの、ほね。
それは、あのひとの、ひだりての、くすりゆびの、ほね。
ほんとうは、もう、もっていたんです。

わたしは、そのほねのおもいでをみるのが、こわかった。
あのひとに、ぷろぽーずされたひの、おもいで。
わたしが、ほんとうは、にんぎょだったということ。
こうかいに、けっちゃくをつけて、みらいへ、むかわなきゃ。
あたまでは、そう、わかっているのに。
たとえ、おもいでのなかでも、あのひとに、きょぜつされてしまったら……。
そうおもうと、こわくて、こわくて、どうしようもなかった。
ずっと、かくごが、できなかった。

でも。

ゆきにであえて、ようやく、ゆうきをもてました。

わたしはずっと、あのすなはまで、ゆうきをさがしていたんです。
それは、わたしひとりでは、けっしてみつけることのできなかった、ゆうき。
そう。
わたしは、だれかに、さいごを、みとどけてほしかった。
そのだれかは、だれでもいいわけでは、なくて。

わたしの、たいせつな、ともだち。
ゆき。
あなたが、いいんです。
わたしのゆうきは、あなた。
わたしは、あなたをさがしていたんです。

ゆきに、わたしを、みまもっていてほしい。
ゆきに、わたしを、みとどけてほしい。
ゆきが、そばにいてくれるなら。

わたしは、あのひとに、ほんとうのことを、うちあけられる』

メッセージを読み終え、わたしは、彼女を見た。

彼女は、ほほえんでいた。

「ナシャル」

ああ、と思う。

わたしと彼女は、もう、お別れをしないといけない。一緒には、いられない。漠然と、そう悟る。砂浜がなくなり、汽水域が暗渠《あんきょ》になるのと同時に、彼女は、わたしの前から、いなくなってしまうのだ。

「どこにいっちゃうの？」

彼女は、ほほえんだままだ。

「いかないで」

わたしの声は、ふるえていた。

「いやだよ。いかないで」

彼女は、首を左右にふり、ボードにペンをはしらせる。

『ゆきが　わたしを　おぼえていてくれるなら』

『わたしは　どこにも　いかないよ』

その言葉に、どきん、と、心臓がはねる。

まるで……まるで遺言のような、その言葉。

「泡になってしまうの？」

アンデルセン童話集の『人魚姫』が思い起こされた。

「人魚は、大切なひとから愛をそそがれなければ、泡になってしまうんでしょ？」

おそろしい憶測が、次々に口からこぼれ出る。

「ナシャル……あなたは、骨に頬ずりしているとき、思い出の中で、大切なひとから、愛を受けていた。だからずっと、人間の姿のままでいることができた。……でも、もし、あなたの秘密を、相手が受け入れてくれなかったら。そうしたら、あなたへの愛が、とぎれて……」

からだがふるえる。その先は、言葉にならなかった。

わたしの話を、彼女は変わらない表情で聞いた。それから身を寄せて、わたしの背を、赤んぼうにするように、やさしくなでた。

励ますつもりが、励まされている。自分が情けなかった。

なにを言っても仕方がないし、言えば言うほど彼女を苦しめると、わかっている。それでも言わなければ、栓が抜けて、すぐに涙があふれそうだった。

わたしの推測は、あたっているのだろう。

彼女は、すべて承知の上で、わたしにメッセージを書いた。恐怖と葛藤《かっとう》に勝つための一歩を、わたしに見せてくれた。

そうだ。

だから、言っているじゃないか。

彼女は、覚悟をしたのだ。

◇

帰りがとても遅くなる、と、おばあちゃんに電話をした。

わたしたちは、橋梁の下でおしゃべりをした。

ひおうぎ貝から真珠がこぼれてびっくりしたこと。鼻にティッシュを詰めたこと。お弁当を食べたこと。一緒に星を拾ったこと。汽水域の中でお昼寝したこと……。

春の出会いから今日のことまで、覚えている限り、ふたりの記憶をなぞる。どの出来事も、まるで昨日のことのように思い出せる。

やがて陽がしずみ、夜になった。

車のエンジン音がして、しだいに遠のいていく。作業員のひとたちが帰ったのだろう。

うす暗闇の中、わたしたちは、汽水域の前に立った。

彼女は、シャコ貝の宝箱から、一本の骨をとり出した。見たことがある、チェスの駒くらいの大きさの骨。たいせつなひとの左手、薬指の骨の一節だ。

波の音が、強く聞こえる。

わたしと彼女は、手をつないだ。わたしたちの手は、つめたかった。冬のはしりにあるのに、それがどうしようもなく心地いい。わたしたちは、ほほえみを交わした。

さよならは言わない。彼女は消えない。ただ、海に帰るだけだ。そう信じていた。

彼女は、深く息を吸いこんだ。

わたしとつなぐ手に、力が入る。もう片方の手に持った骨を、ゆっくりと、頬にあてた。

ぱっ、と、あたりが昼のように明るくなって、わたしは目を細めた。

さんさんと陽の光る空に、入道雲がふくれ上がっている。青々とした海が、きらきらとかがやいている。波と風の音はない。そこは無音の世界だった。

目の前に、ナシャルと、背の高い男性が立っていた。

男性は精悍《せいかん》な顔をしており、二十代後半くらいにみえる。青い景色の中でもはっきりとわかるくらい、頬が赤い。

そして、彼の前のナシャルもまた、頬を染めていた。右手を左胸にあてて、頭ひとつ低いところから、彼の瞳を見つめていた。

男性が、深呼吸をする。

そして、意を決したように、彼女に、なにかを伝えた。

彼女は、びくり、と、ふるえた。

怯《おび》える子犬のような顔をして、不安げに、わたしを見る。

わたしは、両こぶしをにぎって、さけんだ。


見てるよ。

ここにいるよ。

がんばれ。

がんばれ。

がんばれ。


声を出しているつもりなのに、出ていない。ただ、わたしの口が、大きく、ぱくぱくと動いただけだ。

それでも、彼女は、こっくりとうなずいた。

彼に向きなおり、目を閉じる。

左胸においた右手が、ぎゅっと、固まる。

目を開けて、彼の瞳を、ふたたび見つめた。

そして、

「わたし。あのときの、人魚なの」

無音の世界に、声が聞こえた。

初めて、彼女の声を聞いた。

潮風にゆれる風鈴のような、澄んだ、うつくしい声だった。

男性は、目を見開いた。

彼女は、視線をそらさなかった。

男性が、口を開く。

彼女に、声をかける。

次にまばたきをしたとき、あたりはまた、暗くなっていた。

波の音がある。つめたい潮風の音がある。

足元に、さっきまで彼女が持っていた、骨が落ちていた。

ナシャルの姿がない。

どこ。

どこ、ナシャル。

周囲を見回しても、彼女は見つからない。重機のならぶ夜の砂浜には、わたし以外に人影はなかった。

はっとして、汽水域を見る。

水面に、なにか、もこもことしたものがふくれ上がっている。

背すじが、つめたくなる。

夜目にあっても、わかる。

それは、大量の泡。

波の花のような泡が、しずかに、夜風にゆられていた。

胸の奥から、こおった息が漏れる。

うなだれて、強く強く、目を閉じる。そうしていなければ、すぐにあふれてしまうから。

だから、ぎゅうっと閉じた。眉間《みけん》に皺が寄るほど、力を入れて、閉じた。

彼女は、帰ったんだ。

大切なひとに、本当のことを伝えて。

後悔に決着をつけて、汽水域から、次の海へ……未来へ、向かったんだ。

ふくれる泡を前に、わたしは、何度も自分にそう言い聞かせた。何度も、何度も、言い聞かせた。

ひざをつき、彼女の大切なひとの骨を拾って、大事に抱く。

できるだけの、笑みをうかべる。彼女のために、星空を見上げて、明るく、さよならの言葉をおくる。

「ああっ、ナシャル。いってしまったのね」

元気でね。

また会おうね。

ずっと、だいすきだからね。

続けようとした言葉は、声にならなかった。

◇

もしかすると、わたしはずっと、まぼろしを見ていたのだろうか。

ナシャルというひとなんて、もともと、存在していなかったのではないか——。

ちがう。汽水域の近くには、確かに、彼女の痕跡《こんせき》があった。彼女の日用品や、シャコ貝の宝箱が、そのまま残されていたのだ。

そこに置いたままでは、処分されてしまう。だからわたしは、持てるものだけ持って、家に帰った。それからまた自転車で砂浜へ行って、彼女が残したものをかごに入れ、家に運んだ。

二往復してすべてを運び終え、いよいよ、やることがなくなった。

もう、砂浜に行く必要はない。

なのに、それからも放課後になると、足が向いてしまう。砂浜には行けない。意味もないのに、工事の車両が出入りするのを見に行った。

「……」

学校はといえば、あの日以来、わたしは、生駒くん、筒見さんと、会話をしなくなった。

目があうことはあっても、すぐにそらす。近づいてきたら、逃げる。あんなにも仲良くしていたのが嘘みたいに、わたしはこころを閉ざしていた。あの日々こそ、まぼろしだったようだ。

そうして空虚な生活を送っているうち、進路調査の二者面談の番が回ってきた。

「大学に行きます」

先生に将来を尋ねられてすぐ、わたしは答えていた。

「東京の大学に行って、医者になります」

誰かを傷つけることも、自分が傷つくこともない。

わたしは慎太郎として、生きていく。

もう、つかれてしまった。

それが一番なら、それでいい。

◇

はりぼての決意でも、固めたら固めたで、順応する。

十一月二十九日、土曜日の午後。わたしは部屋の整理をしていた。慎太郎にふさわしくないものを処分しようと決めたのだ。

机上に並ぶフェルトのマスコットを、ゴミ袋に詰めていく。こころを無にして、動物のぬいぐるみも捨てる。押入れの奥に隠している女性向けファッション誌も、紐でまとめた。

なにかたいへんなことをしているようで、そうでもない。捨てられずにいた、泥のシミがついたセーターを手にとって見つめる。見つめているはずなのに、この瞳には、なにもうつっていないようだった。なにも思わないようにして、きちんと、お別れをした。

机のとなりに置いていた、シャコ貝の宝箱に触れる。

開けると、潮の香りとともに、ナシャルの面影がふわりとする。

この宝箱には、「ゆき」も入っている。ナシャルとの思い出は、彼女とゆきとの思い出だ。

彼女がいなくなった今、これはもう、不要なものにほかならない。思わず持って帰ってきてしまったけれど、ずっと置いていたって、さびしさがつのるだけだ。

思い切って掴《つか》んで、でも……と、気持ちがゆらぐ。

捨てるか、捨てざるか。わたしはここで、初めて手を止めた。

収めていた、ナシャルのノートが目に留まる。

わたしは、あれから一度もノートを開いていなかった。

このノートにきざまれた、彼女のうつくしい覚悟は、わたしの卑怯《ひきょう》な覚悟を、あますところなく照らし出す。どうしようもない自分の弱さをまざまざと見せられるのが、つらかった。

――このノートを捨てれば、わたしは、本物の「ぼく」になれるだろうか。

決心まで、どれくらいかかっただろう。

わたしはついに、ノートをゴミ袋に入れようとした。

入れようとして、ぼたぼたと、涙がこぼれていることに気がついた。意識の外から……いや、ずっと深い中から、自然にあふれて、とまらない。それは、ぼくではなく、ゆきが流している涙だった。

『すてきな　なまえ』

初めて名乗った日のことが、あざやかな色をもってよみがえる。

そんなふうに言ってもらえて、どんなに、どんなにうれしかったか。あたたかくほほえんでくれて、どれほど、どれほど救われたか。まるで羽毛みたいに、こころがふわっと軽くなって、からだのすべてがやさしい春風に舞うようだったあの感覚を、はっきり、はっきり、覚えている。

たたっ、たたたっ、と、こぼれる涙がゴミ袋を打つ。

ナシャルのほほえみが、こころのすぐ近くにあった。

あと、一度だけでいい。

彼女に、会いたかった。

わたしは、ノートを開いて、彼女の記したメッセージを読み返した。

かわいい文字から、彼女のにおいがする。彼女だけではない。ゆきのにおいも、そこにある。

さようなら、と、わたしはつぶやいた。

未練を残さないために、最後にめいっぱい吸いこもうと、風が立つように、ぱらぱらとノートをめくった。

そして……気づく。

最終からふたつ前のページに、文章が書かれていた。

どきりとして、心臓が、ばくん、ばくんと鳴り始める。

その丸っこい筆跡は、まぎれもなく、彼女の字。

それは、まだわたしが読んだことのない、彼女からのメッセージだった。

『ゆきへ。


ゆきが、これを、よんでるとき。

たぶん、わたしは、いなくなっているでしょう。

のーとが、ゆきのものになってから、よんでもらえるよう、さいごのほうに、かいてるから。


わたしは、あのひとに、うまく、うちあけられたでしょうか?

ゆきが、そばにいてくれたなら、きっと、うまくいったよね。

いつか、ゆきは、にんぎょになりたい、って、いってたね。

じゆうに、うみをおよぐ、にんぎょになりたい、って。

でも、ゆきは、さいしょから、にんぎょだよ。

まだ、およいで、いないだけ。

さいごに、いろいろ、かこうと、おもったけれど。
つたえられるのは、やっぱり、ありがとう、しかありません。
ありがとう、ゆき。
おもいっきり、おびれを、うごかして。
おもいのまま、あなたのうみを、およいでね。

げんきでね。
ずっと、だいすきだからね。
さようなら。

あなたのともだち　なしゃる

ついしん

たからばこの、いちばんそこに、とくべつなほねがあります。
ゆきがくれた、ぺんくらいの、おおきさの。

それは、あのひとの、こころのまうえにあった、ほね。

わたしが、いちばん、すきなおもいでを、みせてくれます。

ちょっと、はずかしいけれど。

よかったら、ゆきも、みてみて。


でも、なんでかな？

ゆきに、みてもらいたいって、おもうのは』

わたしは、涙をぬぐい、宝箱を探った。

底に、きれいなタオルで、たいせつに巻かれたなにかがある。

とり出して、タオルをめくってみると、メッセージ通り、ペンほどの大きさの骨があった。

これまでに見た骨の中でも、いっそうに白く、きれいな骨。象牙《ぞうげ》よりもなめらかで、うつくしい。みずから発光しているように、きらきらとかがやいている。

わたしはその骨を頬にあてて、しずかに目を閉じた。

◇

夜が明けるように、まぶたの裏の暗闇が晴れていく。

ざわざわと、ひとの声が聞こえてきた。

まぶたを開くと、まぶしい光が目にしみた。徐々に慣れてきて、自分がどこにいるのかわかってくる。

わたしは、海辺にいた。

海辺といっても、砂浜ではない。そこは、海面よりずいぶん高い位置にある、アスファルトの敷かれた地面だ。

目前に、たくさんの漁船が係留されていて、高い波にゆられている。水平線にあるのが朝陽だとわかったのは、そのかがやきが、たまごの黄身のような色をしていたからだ。

喧噪《けんそう》に振り向くと、そこには、間口の広い建物があった。ターポリンエプロンをつけ、ゴム長靴を履いたひとたちが、せわしなく行き交っている。大きなプラスチックのかごが所狭しと並んでいて、中に入っている魚が、ぴちぴちと動いていた。

漁港だ。

「ちょっと、兄ちゃん。邪魔だよ」

うしろから、男性の声がした。

あわてて身をひくと、わたしのすぐ脇を、大きなからだの男性が通り過ぎた。海の方から、ボウッと汽笛の音がする。大きな船が、ゆっくりと港に帰ってきて、堤防につけた。ばたばたと、漁師たちが船上で動き回っている。わたしは堤防の隅で小さくなって、その様子を見ていた。

からだの大きな男性が、船員からロープを受けとって、『「』の形をしたくいに、結びつける。それから、船長らしき禿頭《とくとう》の男性と、数言を交わした。

「どうね？」

「いやあ」

禿頭の男性は、ぽりぽりと頭をかく。

「悪くねえ。でん、ほかに、なんかでけえのが網にかかっちまってよ。うちのおんぼろウインチじゃ、揚げられんくて」

「なに、そんなにでけえと？」

「たぶん、サメやろね。……しかし、奇妙でよ。そいつ、揚げようとしたときにだけ、思いっきりもぐろうとするっちゃが。まるで、ウインチの音を聞いて判断してるみたいに」

「はあ。そら、頭のいいクジラじゃないとね。揚げるのが楽しみじゃ。どんなんが出るかねえ」

からだの大きな男性が「おうい！」と声をかけると、市場にいるひとたちが集まってきた。事情を聞き、船に上がる。船員たちとともに、ウインチと思《おぼ》しき機械の前に立ち、みんなで太いケーブルを掴んだ。

「はい、それっ、それっ！」

禿頭の男性の掛け声に合わせて、綱引きのように、みんながケーブルを引く。ギュッ、ギュッ、と、長靴が甲板を踏みしめる音がひびく。

「それっ、それっ！」……掛け声のたびに、少しずつ滑車が回り、ケーブルが船上へ揚がっていく。

しかし、獲物も必死に抵抗しているらしい。ぐん、ぐんと、逆に漁師たちを海にひきこまんばかりの力強さで、ケーブルが引かれる。

「かあ、これは大物じゃ」

「なんじゃろね。経験ない手ごたえじゃわ」

その綱引きは、五分ほども続いた。そうしてやっと、獲物の体力が尽きたのだろう。急に抵抗がなくなって、ケーブルがずるりと滑車をすべり、漁師たちがドドッと尻《しり》もちをついた。どばあっ、と、勢いよく網が上がり、船より高い位置で宙づりになる。

「あっ？」

ついに揚がった網を見上げて、漁師たちは、ぽかんとする。

わたしもまた、きょとんとして、それを見つめた。

網の中にいたのは、白くて長い髪をした、若い女性だった。両胸に薄いオレンジ色のひおうぎ貝をつけている以外、上半身は裸だ。

そして、女性のへそから下は、水色のうろこに浸食されていた。そのうろこが、足の先まで……いや、足の先はない。そこにあるのは、ふたつにわかれた、尾びれだ。

彼女の下半身は、魚そのものだった。

網の中でからだを曲げ、「し」のような姿勢になっている彼女は、おどおどと、船を見下ろしていた。

「に」

からだの大きな男性が、ぽつり、とつぶやく。

「人魚……？」

彼女も、漁師たちも、信じられないものを見たような顔で、無言である。

その無言を破ったのは、精悍な顔をした、若い男性だった。

「帰してあげましょう」

みんなが、反射的に、若い男性を見る。

その男性は……汽水域で見た、ナシャルの、大切なひとだ。

「間違って、かかってしまったんだ」

しかし、その提案が簡単に受け入れられるほど、みんなはおひとよしじゃない。

彼らは、一気に色めきだった。誰かが「これは歴史的な大発見だ」とさけび、漁港はお祭り騒ぎになる。事情を聞きつけたひとたちが、どんどん市場に集まってくる。「売ろう」「寄付だ」「観光材料にしよう」という声が聞こえてきた。

その間、とうの人魚は、網の中で吊《つ》られたままだった。ぽと、ぽと、と、甲板にこぼれているのは、海水ではなく、彼女の涙だ。

しずかに泣きながら、彼女は、すんすんと、洟《はな》をすする。恐怖を抱いているのだろう。ぎゅっと、自分の身を抱くようにしていた。

そのとき、精悍な男性が、そうっと船上に戻ってきたことは、この港でわたししか気づいていない。

「かわいそうに」

彼は、市場を気にしながら、ウインチのレバーを引く。手の触れる位置まで網が下りてくると、ふところからナイフを出した。

「俺はさあ」

彼は、網をナイフで切りながら、彼女に言った。

「俺はさあ。かなしそうな生き物を、ほっとけないんだ」

ざく、ざく、と、彼のナイフが網を切る音が聞こえる。

「魚には、表情がない。だから、いっぱい捕まえても、ごめんな、で済ませられる。でも……きみは、きみは泣いてるよな」

網の底が完全に切れて、ドッ、と、人魚が落ちてくる。

落下点に入っていた彼は、両腕で人魚をがしりと受け止めて、

「あはっ！」

少年のように、屈託なくわらった。

「なんて、軽いんだろう！」

人魚は、彼の腕の中で、彼の顔を見つめた。しだいに、カーッ、と、その顔が赤くなっていく。頭の先まで赤くなって、両手のひらで、顔をおおった。

「さあ」

彼は、人魚をお姫様のように抱いたまま、船のへりに立つ。ゆっくりと、慎重に、人魚を海面へと下ろし、

「こわかったね」

にこりと、人魚にわらいかけた。

「もう、かかっちゃだめだよ」

とぷん、と、人魚が海の中へもぐる。

彼は満足げに息をつき、「さーあ、怒られるぞお」と、伸びをしながら言った。

その二秒後、また、人魚が現れた。

鼻から上だけ、海面に顔を出して、船上の彼の顔を、じーっと見つめる。

「どうした？」

彼は、苦わらいをうかべた。

「さあ。はやくお行き」

鼻から上だけでもわかる。彼女はまた、ぽうっと、赤くなった。

「それじゃあね」

彼は船を下り、騒がしい市場へと歩んでいく。

その背中を、ナシャルは見つめていた。


わたしは、堤防のふちに立って、腰をおった。

とぷん、と、ナシャルが、海面から上半身を出す。

「ねえ、ゆき。彼……すっごく、すっごく、すてきじゃない……？」

彼女は、両頬を両手のひらで押さえ、きれいな声で、わたしに言った。

「うん。すっごく、すっごく、すてきだね」

彼女はもう、熟れたトマトのように顔を赤くして、

「わたし……す、す、すきに、なっちゃったかも」

「えっ！　ひとめぼれ？」

わたしが言うと、彼女はあわてて、

「ちょ、ちょっと！　大きい声、ださないで！」

「ああ、ナシャルが、ひとめぼれしたよ！　みんなー！」

「ゆき！」

彼女は海中にもぐり、堤防から少し離れたところで、ふたたび顔を出した。じっとりとした目で、こちらを見つめる。

「ごめん、ごめん！」

わたしはわらいながら、彼女に手をふった。

「ごめん！　もう、からかわないから！」

◇

ねむたい汽水域の底で、わたしと同じように、ナシャルがからだを仰《あお》向《む》けにして、目を閉じている。

「ねえ、ナシャル」

わたしは、彼女に声をかけた。

「いつかわたしも、あなたみたいに、海を泳げる？」

「泳げるよ」

彼女は目を開け、ゆっくりとこちらを向いて言う。

「だって。ゆきは、器用だもん」

遠く、遠くの水面でゆらぐ陽を見つめる。

口の端から漏れた泡が、ぽこぽこと、上へのぼっていく。

「ねえ、ナシャル」

わたしは、彼女に声をかけた。

「いつかわたしも、あなたみたいに、すてきな恋ができる？」

「できるよ」

彼女は、やっぱり、ほほえんだ。

「だって。ゆきは、きれいだもん」

◇

十一月三十日、日曜日。

朝、五時に目が覚めた。

むくりと身を起こす。暗い部屋の中で、ちかちかしているものがある。枕元の、スマホのライトだ。

起き抜けから、冴《さ》えていた。ホームボタンを押すと、暗い画面に、メッセージが浮かんだ。

受信時刻は、二十九日の、午後十一時五十九分。日付が変わる寸前、その瞬間。

『誕生日、おめでとう』

翔くんからだった。

ふふっ、と、声がもれる。

わたしはベッドから起き上がり、姿見の前に立った。

しゃん、と、背を伸ばす。

くすぐったがるように、まっすぐな背骨が、きゅっ、と鳴く。

しっかりと、自分の顔を見た。

返事を打つ。

◇

明日から、工事が始まる。

わたしは、生駒くんと、筒見さんに、メッセージを送った。

午後二時に、校門の前で、待ち合わせ。ふたりとも、『うん』と、返信してくれた。ふたりがまったく同じ文言だったのが、おもしろかった。

約束の時間の十分前に校門へ行くと、もう、ふたりがいた。

「よ」と、彼が手を上げる。ぺこり、と、彼女が、頭を下げる。ふたりは、やっぱり、気まずそうだ。

わたしは、ふたりを先導するように歩き出した。

ナンキンハゼの並木道にさしかかる。イヌタデ、ノゲシ、センニンソウ……道々の草花の名前を、小声で唱えていく。

並木道を抜け、手芸屋さんの脇道を行くと、川沿いの土手にある遊歩道に出る。大きいとも、小さいとも言えない川。

対岸には、冬枯れのない木々がせり出していて、水面に暗い影を落としている。干天が続いているせいで、川は水量が少なく、元気がない。底が見えそうな水上に、鴨の群れがいた。

すれ違うひとのいない遊歩道を北へ行くと、やがて、国道と交差するようになる。

歩いていける道は、まだ先まで延びている。横断歩道を渡ってさらに北へ行くと、橋梁があらわれる。

「線路だよ」

そうつぶやいたとき、右方から、電車が枕木を踏む音が聞こえてきた。二両の電車が橋梁を渡り、町の東にある駅へ走っていく。

電車の音が遠のくと、今度は、波の音が聞こえるようになる。

橋梁のすぐ向こうに海があって、光がこちらに届いていた。

線路とぶつかるように、歩道は終わっている。右手に、土手の下に行ける階段がある。下りると、整地されていない、岩や石ででこぼこの、細い道が延びている。

その道は、橋梁をくぐるようにして、砂浜に続いている。

足をとられないよう注意を促して、わたしたちは慎重に進む。スニーカー越しでも、足裏に、ごつごつした岩の感触が伝わってくる。

橋梁の陰を出ると、大きな水たまりのような場所が目の前に広がった。

いつものルートをたどりながら、わたしは言う。

「ここはね。汽水域、っていうんだよ。淡水と海水が、混ざっている場所なんだ」

ふたりは、怪訝そうに、顔を見あわせる。

わたしはひとり、堤防にのぼって、あたりを見渡す。

着工前の砂浜に、重機がずらりと並んでいる。

明日から、埋め立て工事が始まる。

冬の午後の海が、つめたい風に吹かれて、おだやかにゆれ、かがやいている。

その、ぴかぴかしている海の色は、彼女の瞳と同じ、灰色だ。


わたしはしばらく、海を見つめた。

水平線の彼方《かなた》が、おぼろげに白んでいる。

そのとき、広大な海原のある部分で、ちらっ、と、なにかが、かがやいた。

目をこらす。

ちらっ、ちらっ、と、ひるがえるようにして、それはかがやく。

何度も何度も、海面に出て、こちらへ向かって、光を飛ばす。

それは、大きな魚の、尾のように見えた。

あははっ、と、わたしはわらった。


「あのね」

わたしはふり返り、一段低いところにいる、ふたりを見た。

そして、いつも彼女がわたしに向けてくれていたように、ほほえんだ。

「話したいことがあるの」

あとがき

本作の舞台「片辺菜《かたべな》町」は、筆者の故郷、宮崎県高鍋《たかなべ》町を。汽水域は、宮田川《みやたがわ》から蚊口浜《かぐちはま》の日向灘《ひゅうがなだ》に繋がる部分をモデルにしている。物語の整合性をとるために、架空の町にした。

二〇二三年の正月、おさんぽをしているとき、本編と同じような汽水域を見つけた。海に通じていない、こぢんまりとしたその水たまりの中、ひとり取り残されている人魚と出会った。『ここにいるべきか　うみにかえるべきか　まよっている』というその人魚は、悲しそうにほほえんだ。

「ぼくも、そうなんだ」

ふと背後から声が聞こえて、ふり向いた。そこには、人魚と同じくかなしそうにほほえむ、制服姿の男子高校生がいた。彼が、慎太郎だった。

人間と魚が混ざりあった人魚。男性と女性が混ざりあった彼。
淡水と海水が混ざりあうその場所で、ふたりは出会った。

なにか、たいそうなことではない。でも、必ず、なにかが始まるんだという気がした。

二〇二四年　五月

道具　小路

本書は、「魔法のiらんど第2回恋愛創作コンテスト」〈苦しい程に、切ない恋部門〉受賞作を改稿したものです。

汽《き》水《すい》域《いき》の人《にん》魚《ぎょ》

2024年7月10日　初版発行

著　　者　道《どう》具《ぐ》小《こう》路《じ》
装　　画　ajimita
発 行 者　山下直久
発　　行　株式会社 KADOKAWA
〒102-8177
東京都千代田区富士見2-13-3
電話／0570-002-301（ナビダイヤル）

印刷・製本　ＴＯＰＰＡＮクロレ株式会社

●お問い合わせ
https://www.kadokawa.co.jp/（「お問い合わせ」へお進みください）
※内容によっては、お答えできない場合があります。
※サポートは日本国内のみとさせていただきます。
※ Japanese text only

定価はカバーに表示してあります。

ISBN 978-4-04-115235-5　C0093

色のない世界で、君と
WEBで10代女子に大人気！
切なくて愛しくて、
これは私の――青春物語
大好評発売中!
榊《さかき》あおい
イラスト 時《と》々《と》
判型：四六判
世界がすべてモノクロにみえる「モノクローム症候群」の
少女・柑奈は転校先でも馴染めずにいた。
だがある男の子と出会い、世界は色づきはじめて？
切なくも、一歩踏み出す勇気がつまった――最上の青春オムニバス